삶은 소금처럼 그대 앞에 하얗게 쌓인다

정끝별 시인이 하나뿐인 삶을 사랑하는
이들에게 들려주는 60편의 시

정끝별 지음

삶은 소금처럼
그대 앞에 하얗게 쌓인다

해냄

들어가는 말

늙음을 받아들이고 죽음을 준비하는 삶은 보무도 당당할 것이다. 그러니 사랑하고 행복할 일들을 미루지 않을 게 분명하다.

하루가 무사해서 다행이고, 하루를 잘 견뎌내서 대견스럽고, 편안한 잠에 들 수 있어서 고마울 것이다.

우리의 한 생도 그렇게 따뜻하게 긴 잠에 들 수 있었으면 좋겠다.

2018년 10월
정끝별

차례

들어가는 말 5

제1부
모든 인간의 미래

모든 인간의 미래 장석주, 「무심코」 14

먹어야 산다 정양, 「그거 안 먹으면」 16

피로와 필요 김수영, 「달밤」 18

고였다 뻗어간다 조원규, 「주름」 20

늙어가는 일상 이기성, 「스틸 라이프」 22

물이 빠질수록 박준, 「파주」 24

적막 속의 어루만짐 김종삼, 「묵화」 26

아플 때 단풍 든다 기형도, 「병」 28

하얗게 이월하다 박상수, 「돌고래 숲」 30

생의 시작과 끝 이승훈, 「어머니」 32

시간을 넘어서는 것들 1_
백련 아니 백 년의, 약수터 길을 오르내리는 34

제2부

뭘 해도 예쁠 나이

시간이여 입을 열어라 정현종, 「벌써 삼월이고」 40

잉잉대고 앙앙대며 김민정, 「근데 그녀는 했다」 42

뭘 해도 예쁠 나이 황인숙, 「송년회」 44

피어있을 때 꺾으라 문정희, 「늙은 꽃」 46

절뚝대는 동행 손세실리아, 「진경」 48

사랑대는 춤사위 황동규, 「춤추는 은하」 50

죽기 살기로 해야 할 일 이영광, 「죽도록」 52

잘 익은 김치처럼 오세영, 「겨울의 끝」 54

고수의 위엄 김남조, 「노병」 56

사람이다, 사랑이다 김현, 「형들의 사랑」 58

시간을 넘어서는 것들 2_
앙스트블뤼테와 말년의 양식 63

제3부

한 채의 집, 한 권의 책

누군가는 내린다 황인찬, 「서클라인」 68

고단함 속 작은 구원 최동호, 「파 할머니와 성경책」 70

혹독한 기다림 김윤배, 「헌 집」 72

모두를 아우르는 접두어 문태준, 「개복숭아나무」 74

한 채의 집, 한 권의 책 이정록, 「짐」 76

입말이 꽃피운 경지 서정주, 「눈들 영감의 마른 명태」 78

마지막 유업 곽효환, 「벌초를 하며」 80

주저앉고 싶다 김명인, 「너와집 한 채」 83

노인의 겨울밤 박용래, 「월훈」 86

갈수록 부족한 이근배, 「많지, 많지 않다」 88

시간을 넘어서는 것들 3_
백 년이나 이백 년 후면 91

제4부

갔지만 남는 것

빈 젖 빠는 소리 박형준, 「달 속에 두고 온 노트」 96

금세 슬픔이 번식한다 진은영, 「인공호수」 98

죽을 곳을 선택할 수 있다면 장철문, 「다시 바라나시에 와서」 100

옆구리에 찬샘 파이듯 송재학, 「천남성이라는 풀」 102

엇박자의 맞물림 최정례, 「회생」 104

타들어가는 시간 허수경, 「포도나무를 태우며」 106

피안의 강가 박목월, 「이별가」 109

서쪽 바다에서 안도현, 「줄포만」 112

늘어가는 상실 김병호, 「잘 모르는 사람」 114

하나둘 떠난 자리 홍신선, 「가을 맨드라미」 116

시간을 넘어서는 것들 4_
모든 인간의 미래는 노인의 미래다 118

제5부

예정된 답장

홀로 죽지 않는다 백석, 「적경」 122

예정된 단 하나의 답장 이장욱, 「우편」 124

지독한 참상 이진명, 「눈물 머금은 신이 우리를 바라보신다」 126

갔지만 남는 것 박인환, 「세월이 가면」 129

숨 공동체 김혜순, 「질식」 132

최후의 보루 김소월, 「삼수갑산」 134

벼랑을 감추기 위해 천수호, 「하관」 136

바람이 불면 허연, 「바람의 배경」 138

사각사각 차오르는 남진우, 「달이 나를 기다린다」 140

가지 않은 발 문혜진, 「빈」 142

일상처럼 살가운 죽음 최승자, 「가봐야 천국이다」 144

시간을 넘어서는 것들 5_
백세시대, 백발성성 146

제6부

배우는 중, 완성 중

모르고 사는 게 제값 최일화, 「나잇값」 152

발끝에서 오는 극락 김소연, 「먼지가 보이는 아침」 154

감자 한 알의 한 소식 조오현, 「나는 말을 잃어버렸다」 156

마침이 좋다 이희중, 「끝나지 않는 노래」 158

미리미리 준다 정호승, 「사랑」 160

하이얀 단단함으로 정지용, 「인동차」 162

언 밥 한 그릇의 삶 신달자, 「서늘함」 164

따지지 말고 누리길 김행숙, 「노인의 미래」 166

배우는 중, 완성 중 심보선, 「말년의 양식」 169

나오는 말 175

작품 출처 176

제1부

모든 인간의 미래

모든 인간의 미래

무심코

늙음에는 익숙해질 수 없는
낯선 게 숨어 있다.

살구나무가 살구나무의 일로 무성하고
살구나무가 그늘을 만드느라 바쁜 동안,
사람들은 사람의 일로 바쁘다.

옛날은 옛날의 일로 견고해지고
떠난 사람은 돌아오기가 수월치 않아 보였다.

노모는 아프다.
대장에 번진 암 덩어리를 들어냈으나
회복하려면
백 년은 더 지나야 한다고 했다.

—장석주

인간이 평등하다는 건 누구나 하루 스물 네 시간을 살고 예외 없이 늙는다는 데서부터 출발한다. 늙음은 모든 인간의 미래다. 물끄러미, 우두커니, 무연히, 망연히 등과 이웃한 '무심코'라는 부사에는 늙어감의 '홀로움'과 '고독스러움'이 배어있다. 옛날 일로 묶여있거나 돌이킬 수 없는 것들이 많아졌을 때 자주 쓰이는 부사들이다.

호모헌드레드(Homo-Hundred) 시대라니 더 많은 시간을 늙어서 살아야 한다. 한데, 늙어가면서도 결코 익숙해질 수 없는 늙음의 낯섦이란 어떤 걸까? "젊음의 격류와 그 젊음을 감싸던 눈부신 광휘"의 사라짐을 용인하는 일? 밀려오는 "늙음의 치욕"을 감내하는 일? 어떻게 살아야 하나를 여전히 고민해야 하거나 더 이상 고민하지 않아도 되는 일?

공수래공수거(空手來空手去)하니 모든 것이 헛되다는 잠언이 살가워진다는 일? 한겨울에도, 살구나무는 살살살 무성하고 사람들은 사사사 바쁘다!

먹어야 산다

그거 안 먹으면

아침저녁 한 움큼씩
약을 먹는다 약 먹는 걸
더러 잊는다고 했더니
의사선생은 벌컥 화를 내면서
그게 목숨 걸린 일이란다
꼬박꼬박 챙기며 깜박 잊으며
약에 걸린 목숨이 하릴없이 늙는다
약 먹는 일 말고도
꾸역꾸역 마지못해 하고 사는 게
깜박 잊고 사는 게 어디 한두 가지랴
쭈글거리는 내 몰골이 안돼 보였던지
제자 하나가 날더러 제발
나이 좀 먹지 말라는데
그거 안 먹으면 깜박 죽는다는 걸
녀석도 깜박 잊었나보다

—정양

아, 나이를 먹지 않으면 죽는 거였다! 약도 그렇고. "그거 안 먹으면" 죽는 거, 또 뭐가 있지? 밥도 꼬박꼬박 챙겨 먹어야 하고, 꿈도 무럭무럭 먹어야 하고, 마음도 매일매일 다잡아먹어야 하고, 때로는 화장도 겁도 물도 좀 먹어야 한다. 그게 사는 일이다.

그러나 '그거 많이 먹으면' 진짜로 죽는 것들도 있다. 뇌물이나 검은돈이 그렇고, 연탄가스가 그렇고, 벌점이나 경고나 욕이나 주먹이 그렇다. 그거 먹지 않고 사는 거, 그게 또 나이 먹는 기술일 것이다. 꼬박꼬박과 깜박, 더러와 벌컥, 제발과 좀, 하릴없이와 마지못해의 대비적인 부사들이 자연스럽고 생생하다.

나이를 한 '살' 더 먹는 날이 '설'날이다. 설을 쇠는 건 나이를 먹는 일이다. 목구멍에 떡국 넘기듯 그렇게 쑥, 그렇게 미끈, 그렇게 쫀득하게 한 살 더 먹으라고 설날이면 굳이 떡국을 먹나 보다. '설날 떡국 먹듯', 기꺼이 약도 밥도 마음도 먹고먹고, 한 살도 더 먹어야겠다.

피로와 필요

달밤

언제부터인지 잠을 빨리 자는 습관이 생겼다
밤거리를 방황할 필요가 없고
착잡한 머리에 책을 집어들 필요가 없고
마지막으로 몽상을 거듭하기도 피곤해진 밤에는
시골에 사는 나는―
달 밝은 밤을
언제부터인지 잠을 빨리 자는 습관이 생겼다

이제 꿈을 다시 꿀 필요가 없게 되었나 보다
나는 커단 서른아홉 살의 중턱에 서서
서슴지 않고 꿈을 버린다

피로를 알게 되는 것은 과연 슬픈 일이다
밤이여 밤이여 피로한 밤이여

―김수영

김수영이 1959년에 쓴 시다. 4·19 직전의 피로한 시대였고, 마흔 직전의 (지금 나이로 환산하면 쉰아홉쯤에 해당하는) 아홉수에 갱년기라는 피로해진 나이였을 것이다. 달이야 밝든 말든, 방황도 책도 몽상도 꿈도 "필요가 없어"져 빨리 잠을 자는 습관에 길들여졌을 것이다.

　　김수영이 삼십 대 중반에 썼던 "내가 으스러지게 설움에 몸을 태우는 것은 내가 바라는 것이 있기 때문이다"라는 시구와 짝을 이루는데, 그때 이미 시인은 "가을바람에 늙어가는 거미처럼 몸이 까맣게 타버"렸던 것이다.

　　필요가 없어진 것들이 많아졌다는 건 피로를 알게 되었다는 것, 그건 슬픔을 살게 되었다는 것, 늙었다는 것. 우리가 이 세상에 온 건 필요해서 온 것이지 지나친 피로에 지쳐 살려고 온 건 아니라는 것.

고였다 뻗어간다

주름

눈썹 사이 내 천(川)이
사라지질 않는다

아이가 문질러 펴보다 가고
겨울 햇살 너무 밝은데

누가 칼질한 자국일까
꿈에 가던 길들의 여운일까

이젠 내가 주름을 잡아보려고
흐르는 내(川) 속으로 뛰어든다

—조원규

칼질인 듯 베인 눈맞춤 자국이 미간의 내 천(川) 자 주름이고, 세 번의 삼재가 남긴 영광의 상처가 이마의 삼(三) 자 주름이고, 헤픈 웃음 뒤로 파인 벼랑이 입가의 팔(八) 자 주름이다. 시간은 내 천(川)처럼 흐르고, 주름은 내 천(川)처럼 고인다.

고인 주름은 늘 길처럼 뻗어간다. 밤과 꿈과 낮이 고였다 뻗어간다. 마음이 망가졌거나 기억이 지워졌거나, 다함없는 약속들을 결코 잊을 수 없었거나, 물의 속도로 흐르거나 심연의 깊이로 파이거나…… 누군가 내게 이런저런 칼을 휘두르고 누군가 꿈길에 들어 자꾸만 나를 훔쳐간다.

시인의 「눈밭」이라는 시에 '눈밭' 대신 '주름'을 넣어 읽어본다. "두 무릎으로 엉금엉금/ 주름을 기면서 통곡을 한다// 깨고 보면 주름 이전도/ 주름 다음의 일도 생각나지 않는다// 희고 넓은 주름,/ 대체 어디쯤이었을까// 사라지는 누군가가/ 따뜻한 눈물 흘리던 그곳." 그렇다. 주름은, 이제 희다!

늙어가는 일상

스틸 라이프

늙은이의 딸들은 실을 자으며 노래를 한다 야윈 탄식의 손가락 하얀 실이 납빛 얼굴 위로 흘러내린다

늙은이의 딸들은 머리카락이 길어진다 손톱 끝이 새파랗게 물들고 달아나던 아이들은 어두운 장롱 속에서 울고 있다

시간의 검은 머리카락을 빗질하면서 늙은이의 딸들은 창가에서 하품을 하고 찻잔이 식어간다

늙은이의 딸들은 낡은 식탁에 앉아 손가락으로 재의 글씨를 쓰고 흰 빨래가 펄럭인다 누군가 철문을 쾅쾅 두드린다

늙은이의 딸들은 후회를 알고 무한한 슬픔을 알고 슬픔의 글자를 쓸 줄 안다 어느 날 늙은이의 딸들이 하얗게 늙어간다

—이기성

스틸 라이프(still life)는 정물(靜物)이나 정물화(기법)를 뜻한다. 정물 같은 삶을 비유하기도 한다. "늙은이의 딸들"은 이미 조금 늙었다. 늙은이의 딸들이 조금씩 더 늙어가는 일상의 바싹 마른 절망과 딱딱하게 굳은 비애를 흑백의 정물화처럼 담아낸 시다.

늙은이의 딸들은 실을 잣고 노래를 하고 빗질을 하고 하품을 하고 재의 글씨를 쓴다. 그러는 동안 하얀 실이 주름인 듯 흰머리인 듯 얼굴 위로 흘러내린다. 권태처럼 찻잔이 식어가고, 유구무언처럼 흰 빨래가 펄럭인다. 간간이 학대받는 아이들이 울고, 위험에 빠진 누군가 철문을 두드리기도 한다.

그래도, Keep still! 늙은이의 늙어가는 딸들은 후회와 슬픔을 알게 되고 슬픔의 글씨를 쓸 줄 알게 된다. 그렇게 하얗게 늙어간다. 그래도, Steal life? 그 흰빛은 다 어디로 가는 걸까?

물이 빠질수록

파주

살아 있을 때 피를 빼지 않은 민어의 살은 붉다 살아생전
마음대로 죽지도 못한 아버지가 혼자 살던 파주 집, 어느 겨
울날 연락도 없이 그 집을 찾아가면 얼굴이 붉은 아버지가
목울대를 씰룩여가며 막걸리를 마시고 있었다

―박준

내 선친도 칠순이 넘어서는 병원엘 안 다니셨고 팔순이 되어서는 외출복을 버리셨다. 친정집엘 가면, 거실 한가운데서 밥은 그대로인 밥상을 독대하고 불콰해진 얼굴로 길게 소주 반주를 하고 계셨다. 마르고 긴 목의 목울대가 붉게 돌올하셨던가.

　　민어는 여름철 보양식이다. 살아있는 민어의 피를 빼고 회를 뜨면 하얀 살빛에 비린내도 없고 꼬들꼬들한 식감이 일급이다. 민어만 그런 게 아니다. 생고기도 그렇다. 찬물에 피를 빼고 요리를 해야 누린내도 적고 때깔도 곱다.

　　인간의 몸은 70퍼센트가 물이다. 아이는 90퍼센트란다. 물이 빠질수록 늙는 것이다. 그러니 피든 땀이든 눈물이든, 살아생전 물을 많이 빼고 죽은 사람의 몸은 가볍고 담박할 것만 같다. 파주(坡州)는 언덕이 많은 고을이라는 뜻이다. 어쩐지 그 언덕에는 마른 무덤들이 많았을 것만 같다.

적막 속의 어루만짐

묵화(墨畵)

물먹는 소 목덜미에
할머니 손이 얹혀졌다.
이 하루도
함께 지냈다고,
서로 발잔등이 부었다고,
서로 적막하다고,

—김종삼

"이 소하고 나하곤 같이 죽을 거래이…….""(소가 먼저 죽으면 장사) 치러줘야지, 내가 상주질할 긴데, 허허." 다큐멘터리 〈워낭소리〉에서 마흔 살 소를 바라보며 팔순 농부가 한 말이다. 이려, 워워, 어저저, 이려쩌쩌 소리에 맞춰 메고 지고 갈고 끌면서 사십여 년을 동고동락 일소[農牛], 이런 소는 가축이 아니다. 한솥밥을 먹는 살아있는 입, 생구(生口)다.

시 속의 "물먹는 소"도 할머니와 함께 논밭을 일구고 짐을 져 나르며 한 생을 늙었을 것이다. 봄 여름 가을을 함께 일했을 것이다. 그러니 서로의 발잔등이 부은 것도 서로가 적막한 것도 이심전심 했을 것이다. 소의 목덜미에 얹은 할머니 손바닥의 어루만짐이, 어르는 침묵의 결이고 마음의 길이다. 물도 먹었으니 묵화의 농담(濃淡)처럼, 흑백의 여백처럼, 번짐이든 스밈이든 지남이든 그윽할 것이다.

그득한 적막 속에서 겨울을 향해 함께 저물어간다는 공감의 공생, 연민의 연대, 늙음의 늑장, 지난한 지남들, 그러한 쓰담쓰담!

아플 때 단풍 든다

병

내 얼굴이 한 폭 낯선 풍경화로 보이기
시작한 이후, 나는 주어(主語)를 잃고 헤매이는
가지 잘린 늙은 나무가 되었다.

가끔씩 숨이 턱턱 막히는 어둠에 체해
반 토막 영혼을 뒤틀어 눈을 뜨면
잔인하게 죽어간 붉은 세월이 곱게 접혀 있는
단단한 몸통 위에,
사람아, 사람아 단풍든다.
아아, 노랗게 단풍든다.

—기형도

"무사한세상이병원이고꼭치료를기다리는무병(無病)이끝끝내있다"고 일갈했던 시인은 이상이었다. "나의 늙은 의사는 젊은이의 병을 모른다/ 나한테는 병이 없다고 한다"던 윤동주도, "모두 병들었는데 아무도 아프지 않았다"던 이성복도 무병(無病)의 유병(有病)을 노래했다.

병인(病因)이 역사든 세월이든 사랑이든 우리는 병을 앓는다. 늙는 것이다. 자신의 얼굴이 낯선 풍경화처럼 보일 때 우리는 아프다. 삶이라는 문장에서 주어가 빠지고 스스로가 가지가 잘린 늙은 나무라고 생각될 때, 어둠에 자꾸 체하고 영혼이 반 토막 났을 때 우리는 단풍 든다.

김수영 식으로 말하자면, 단지 우리는 "아픈 몸이 아프지 않을 때까지 갈" 뿐이다. 그것이 살아있는 자의 의지이자 시인의 의지다. 가을 단풍이 깊다. 지금 병을 노래하는 자, 아직 젊다는 증거다. 시인들이 병을 사랑하는 이유다.

하얗게 이월하다

돌고래 숲

깊은 숲에 이르면 볼 수 있다 했다 은백양 뿌리에 감겨 잠든 돌고래, 나는 눈먼 사람이 되어 수풀을 헤쳤고 웅덩이 고인 물에 발목을 적셨고, 입술을 모아 휘파람 불면 살아 있는 자 죽어서도 떠나지 못하는 자, 숲은 제 몸을 떨며 천천히 차오르고 있었다 이마 깨끗한 돌고래 다가와 나를 부르고 흘러가는 방향에 홀린 채 검푸른 물속으로, 막힌 핏줄이 터지듯 빠져나가는 태생의 기억, 멀리 폐쇄된 소금창고의 문이 열리고 있었다 지상의 보행을 끝낸 것들이 떠나고 있었다

다시 돌아올 수 없는 땅 다시 돌아올 수 없는 땅.

—박상수

은백양나무가 흰 바코드처럼 늘어선 아름다운 숲이다. 은백양 뿌리에 돌고래가 잠들어있다니 바다처럼 깊다. 삶 너머로부터 배어나는 그 흰빛에 백내장이 되기도 했을 것이다. 달빛이라도 가득했다면 더더욱. 밤 휘파람은 귀신을 부른다 했다. 은백양을 통과하는 밤바람 소리든, 은백양 뿌리에서 새어 나는 돌고래의 울음소리든, 수풀을 헤치는 눈먼 사람의 비명 소리든, 이 생 너머의 먼 것들을 부르는 휘파람 소리다.

목숨이 빠져나가고 기억이 빠져나가면 영혼처럼 하얗게 내려 쌓이는 소금의 결정체들, 지상의 보행을 끝낸 것들답게 하얗다. 소금에서 돌고래에게로, 돌고래에서 눈먼 인간에게로, 눈먼 인간에서 은백양에게로 하얗게 하얗게 이월했을 것이다. 삶에서 죽음에로의 보행을 거듭하면서. 다시 돌아올 수 없는 시간의 숲, 기억의 숲, 영혼의 숲, 죽음의 숲. 그런 돌고래 숲은 어디 있는가?

생의 시작과 끝

어머니

겨울저녁이면 어머니 생각이 난다 추운 저녁이면 돌아가신 어머니가 시골집 대문 앞에서 나를 기다릴 것만 같다 승훈이냐? 어두운 대문 앞에서 키가 작으신 어머니가 오바도 없이 가는귀가 먹은 어머니가 추운 골목에서 나를 기다릴 것만 같다 나는 기차를 타고 어머니 계신 마을로 내려간다 시작도 끝도 없다 시작과 끝은 모두 어머니다

—이승훈

크리스마스에 어머니가 생각난다면 철이 들었다는 거다. 늙었다는 거다. 나도 너도 없고, 시도 시적인 것도 없고, 시작도 끝도 없다며 줄곧 무의미시와 비대상시와 환상시를 써왔던 '아방가르드한' 시인에게도 어머니는 의미와 대상과 실제로 실재한다. 작고, 외투도 없고, 가는귀도 먹은 채 어둔 "시골집 대문 앞에서" 아직도 기다릴 것만 같은, 그 어머니를 그리워하는 것은 없음의 가치 때문이다.

없고, 없고, 없다면 그 없음의 화신이 어머니다. 우리가 평생 겪는 없음의 숙주가 어머니고, 우리 삶의 모든 불화와 고통, 기쁨과 희망이 나를 있게 한 어머니로부터 비롯되기 때문이다. 어머니라는 존재가 없다면 이런 없음의 가치, 부재의 가치, 폐허의 가치조차도 없을 것이다. 세상에서 가장 아름다운 소멸의 이름이 어머니다. 추운 겨울저녁이면 "돌아가신" 어머니가 더 생각나는 이유다.

백련 아니 백 년의,
약수터 길을 오르내리는

내가 태어났을 때 아버지는 마흔을 바라보는 나이이였고 어머니는 서른을 넘긴 나이였다. 평균수명이 대략 50세였던 1960년대의 마흔과 서른은 그 늙음의 체감이 지금과는 달랐다. 나는 육남매 중 막내였고 늦둥이였다. 내가 첫 대면한 부모의 얼굴은 다른 형제자매들이 처음 봤던 부모의 얼굴들 중 가장 늙은 얼굴이었다. 부모와 함께 살날이 내가 가장 짧을 수밖에 없었다. 부모님이 내게 관대하고 애틋해했던 이유였을 것이다. "볼 날이 제일 적어서."

자라면서 나는 어머니 흰 머리카락 뽑기를 즐겨 했다. 한 가닥에 십 원씩을 셈해주었다. 반면 아버지는 어머니의 흰 머리카락을 부러워했다. 백발과 백호눈썹이 로망이었으나

좀체 하얘지지 않았다. 내가 대학생이었을 때 아버지는 회갑을 맞았다. 아버지는 늙음을 반겼고 천천히 주변을 정리했다. 여든다섯에 돌아가셨으니 아버지의 늙음과의 동행은 좀 긴 편이었다. 서울 가까운 곳에 야산 한 모퉁이를 사고 거기에 당신 사후의 가족 유택을 계획했다. 칠순 즈음에는 집을 줄이고 외출할 일 없다며 집안 대소사에 입을 한복 한 벌과 양복 한 벌만 남기고 외출복들을 버렸다. 자서전을 쓰겠다며 전동타자기 앞에서 끙끙댔다. 글씨를 써 액자를 만들고 시를 쓰고 유언을 쓰고 심지어 자식들 묏자리 위치까지 그려서 집집마다 나누어 주었다. 당뇨와 고혈압 판정받고도 병원은 커니와 식이요법조차 하지 않았다. 출가한 자식들이 사 나르는 홍삼액을 소주에 타 드셨을 뿐. 아버지는 그렇게, 환대하듯 늙음과 죽음을 욕망했다.

여든일곱의 어머니는 아직도 정정하다. 자기관리가 뛰어나 몸에 좋고 건강해진다는 모든 걸 엄수한다. 자식들 손을 필요로 하지 않은 채 여전히 혼자 산다. 김치와 음식을 나눠 주고 집안 대소사까지 챙긴다. 어머니는 늙음과 죽음을 적(敵)으로 간주하고 매일매일 동태를 살피고 관리하기를 게을리하지 않는다. 늙어가는 막내딸까지 관리 중인 어머니의 하루하루는 아직 젊다.

내가 늙음에 익숙하고 늙음을 사랑할 수밖에 없었음을 얘기하려던 참이었다. 늙음에 죽음이 스며있고 그래서 비애

35

가 배어난다는 것을 지각했던 건 언제부터였을까. 나는 아버지와 어머니를 닮은 것들 앞에서 무장해제되곤 했는데 내가 젊은 것보다 늙은 것에, 높은 것보다 낮은 것에, 기쁜 것보다 슬픈 것에, 중심보다 주변에 더 익숙함과 편안함을 느끼는 이유다. 그것은 아버지와 어머니가 만든 그늘이었을까. 내게서 소녀와 할머니를 동시에 읽었다면 그건 아마도 내가 태어나면서부터 아버지와 어머니에게서 익힌 늙음과 죽음과 비애의 기운이었을 것이다.

이십 대의 나는 백련 아니 백 년의 약수터 길을 오가는 아버지를 보았다. 아버지의 늙음에의 환대가 나는 싫고 두려웠다. 그래서였을까. 아버지가 돌아가시는 꿈을 자주 꾸곤 했는데 그때마다 꿈에서 혹은 깨어나서도 서럽게 울곤 했다. 너무도 빨리 찾아온, 때 이른 아버지의 늙음은 내 시의 막막한 모티브였다.

물통도 없이
빈손으로 갔다 빈손으로
갔던 길 되돌아오는
백련 약수터 길
후렴구 같은 발걸음소리는
녹슨 도르래가 한 바퀴씩 돈 듯
가고 온다 비가 오나 눈이 오나

같은 길 간다

빈 길에 늘어선 자질구레한 기억들 사이에서

점점 가벼워지는 발걸음은

그의 노래가 차가워지고 있음을 알려준다

대추나무가 있는 집과 놀던 친구들

가족이나 개, 고양이, 베고니아 사이를

길을 잃은 척

아니 침착한 망명객처럼

—졸시, 「백련 약수터 길」 부분

제2부

뭘 해도 예쁠 나이

시간이여 입을 열어라

벌써 삼월이고

벌써 삼월이고
벌써 구월이다.

슬퍼하지 말 것.

책 한 장이 넘어가고
술 한 잔이 넘어갔다.

목메이지 말 것.

노래하고 노래할 것.

—정현종

문득 삼월이었는데 벌써 구월을 향해 간다. 지나간 것들은 돌이킬 수 없고 모든 후회는 아무리 빨라도 늦다. 흐르는 게 강물뿐이겠는가. 역사도 목숨도 사랑도 노래도 흐른다. 시간에 발을 담근 것들은 휘리릭 휘리릭, 술 술, 잘도 넘어간다. 시간 자체는 밑도 끝도 없지만 시간에 속한 것들은 제 몫의 유효기간이 있어서 "시간은 슬픔"이고 "견딜 수 없는" 것이다. 그럼에도 불구하고 슬퍼하지 말 것, 목 메어 하지도 말 것!

　삼월이 넘어간다. 이제 곧 장미도 밤꽃도 필 것이고, 금세 구월도 넘어갈 것이다. 휘리릭 휘리릭, 술 술. 우리에겐 늘 "사랑할 시간이 많지 않"고, 사랑할 사람도 많지 않다. 사랑을 노래하기 위해 주어진 얼마간의 시간, 그 "모든 순간이 다 꽃봉오리"인 까닭이다. 그러니 김수영의 시를 빌려 이렇게 얘기하겠다, 시간이여 입을 열어라 그 속에서 나는 사랑의 노래를 발견하겠다!

잉잉대고 앙앙대며

근데 그녀는 했다

양망이라 쓰고 망양이라 읽기까지

메마르고 매도될 수밖에 없는 그것

사랑이라

오월의 바람이 있어 사랑은

사랑이 멀리 있어 슬픈 그것*

—김민정

* "오월의 바람이 있어! 사랑은 사랑이 멀리 있어 슬퍼라!", 제임스 조이스, 『체임버 뮤직』(아티초크, 2015) 45쪽에서 변주.

양망(養望)은 세상에 널리 알려질 만한 이름과 덕망을 기른다는 뜻이고, 양망(揚網)은 투망의 반대말로 그물을 걸어 올린다는 뜻이다. 양망(養望)하는 인생은 세상의 덕망을 양망(揚網)한다.

망양(茫洋/芒洋)은 넓고 먼 망망대해를 일컫는다. 울산에는 망양을 바라볼 수 있는 망양돈대가 있다. 잉잉대고 앙앙대며 우리는, 망양을 앙망(仰望)하고 망양의 세상에서 한 세월을 양망한다. 그러느라 한 생이 메마르고 매도되곤 한다. 오월의 바람이 아지랑이처럼 아릿하다면 더더욱! 그럴 때마다 '그녀가 느끼기 시작했고' 그녀는 했으리라, 가장 멀리 있고 가장 슬픈 것들을, 이를테면 사랑을, 삶을, 시간을, 시를!

사족 하나, '여류'라는 차별적 접두사에 묻혀 문학적 성취보다 사생활을 둘러싼 인격 살인으로 잊히기를 강요당했던 신여성작가 김명순, '그녀'의 호(號)가 망양초, 망양생이다. 원대하고 호쾌한 호다!

뭘 해도 예쁠 나이

송년회

칠순 여인네가 환갑내기 여인네한테 말했다지
"환갑이면 뭘 입어도 예쁠 때야!"
그 얘기를 들려주며 들으며
오십대 우리들 깔깔 웃었다

나는 왜 항상
늙은 기분으로 살았을까
마흔에도 그랬고 서른에도 그랬다
그게 내가 살아본
가장 많은 나이라서

지금은, 내가 살아갈
가장 적은 나이
이런 생각, 노년의 몰약 아님
간명한 이치

내 척추는 아주 곧고

생각 또한 그렇다 (아마도)

앞으로!

앞으로!

앞으로, 앞으로!

— 황인숙

      칠순을 훌쩍 넘긴 노시인께서 마흔을 갓 넘긴 나를 지긋이 바라보며 말씀하셨다, 뭘 해도 참 예쁠 나이다! 그때는 나도 속으로 깔깔 웃었다. 그때 나는 이제부터는 늙겠구나라는 헛헛함에 급기야는 양희은의 〈사랑 그 쓸쓸함에 대하여〉를 듣다 운전대를 부여잡은 채 울컥했더랬다. 터무니없는 조로(早老)였다. '늘' 인생청춘이었는데 말이다.

      오십을 한참 넘긴 지금도 이제는 늙었구나라는 우울감에 휩싸이기 일쑤다. '아직' 내 척추와 내 생각과 내 걸음은 곧고 곧은데도 말이다.

      그러니, 남들이야 "노년의 몰약"이라 하든 말든, "내가 살아갈/ 가장 적은 나이"가 바로 지금이니, 우리는 앞으로! '늘 오늘'과 '작금의 지금'이 바로 청춘이니 또 앞으로, 앞으로!

피어있을 때 꺾으라

늙은 꽃

어느 땅에 늙은 꽃이 있으랴
꽃의 생애는 순간이다
아름다움이 무엇인가를 아는 종족의 자존심으로
꽃은 어떤 색으로 피든
필 때 다 써 버린다
황홀한 이 규칙을 어긴 꽃은 아직 한 송이도 없다
피 속에 주름과 장수의 유전자가 없는
꽃이 말을 하지 않는다는 것은
더욱 오묘하다
분별 대신
향기라니

—문정희

꽃이 찬란한 것은 늙지 않기 때문이다. 필 때 다 써버리기 때문이란다. 꽃의 피 속에는 주름과 장수의 유전자가 없고, 말과 분별이 없기 때문이란다. 눈부신 것들이 불러일으키는 찬란한 착란이다.

"나의 노년은 피어나는 꽃입니다. 몸은 이지러지고 있지만 마음은 차오르고 있습니다." 빅토르 위고의 문장이다. 늘, 지금을 탕진하는 것들은 황홀한 향기를 내뿜는다. 태양이 저물 때도 황홀한 이유다. 꽃 중의 꽃이라는 모란과 장미가 봄의 황혼을 향기롭게 하는 이유다.

모란이 지고 말았다, 이제 장미도 질 것이다. 늦게 핀 꽃이든 늦게까지 피어있는 꽃이든, 지금 탕진할 것이 남아있다면, "다 써 버릴" 게 아직도 남아있다면, 당신은 여전히 그냥 한 꽃이다! 그러니, 피어있을 때 꺾으라. 내일을 기다리지 말고 인생의 장미를 오늘 꺾으라! "양귀비꽃 머리에 꽂고", "지금 장미를 따라!"

절뚝대는 동행

진경(珍景)

북한산 백화사 굽잇길

오랜 노역으로 활처럼 휜 등

명아주 지팡이에 떠받치고

무쇠 걸음 중인 노파 뒤를

발목 잘린 유기견이

묵묵히 따르고 있습니다

가쁜 생의 고비

혼자 건너게 할 수 없다며

눈에 밟힌다며

절룩절룩

쩔뚝쩔뚝

—손세실리아

구파발역에서 버스를 타고 백화사정류장에 내리면 거기서부터가 백화사 입구이자 북한산 입구다. 조금 걸어 들어가면 여기소(汝其沼)경로당이 있다. 북한산성 축성에 동원된 사내를 만나러 온 여인네가 그 뜻을 이루지 못하고 몸을 던졌다는, '너[汝]의 그 사랑[其]이 잠긴 못[沼]'이라는 뜻의 여기소가 있던 자리다. 더 올라가면 계곡 길목에 민가처럼 보이는 백화사가 있다. 늙은 궁녀와 내시들이 의탁했던 곳이란다.

　　마디지고 옹이진 명아주 지팡이에 굽은 등을 의탁해 무쇠 걸음 중인 저 노파는 여기소경로당 '당원'이신 모양이다. 발목 잘린 유기견이 노파를 뒤따른다. 가쁜 생의 고비인 듯 굽잇길을 지나 하얗게 꽃핀 '백화(白華)'사 가는 길이었을까? 희디흰 사멸을 향해 절룩절룩 앞서가면, 절뚝절뚝 따라가는 동행의 화답이 묵묵하다.

　　'진경(珍景)'이란 보기 드문 풍경을 일컫는다. 속세의 진경(塵境) 속 늙고 다친 것들이 서로 의지하며 나아가는 진경(進境)의 이 실제 진경(眞景)이 참된 진경(眞境) 자체다.

사랑대는 춤사위

춤추는 은하

창밖에 포근한 융단 깔리는 느낌 있어
눈 비비며 발코니로 나간다.
흰 눈이 8층 아래 주차장을 가득 메우고
건너편 축대를 한 뼘 가까이 돋우고, 흥이 남아
공중에 눈송이를 날리고 있다.
마당 가득 하얗게 살구꽃 흩날리던
정선군 민박집의 아침이 8층 높이로 올라!
새 꽃밭 찾아낸 벌들이 8자형 그리며 춤추듯
눈송이들이 느슨한 돌개바람 타고
타원을 그리며 춤춘다.
살랑대는 저 춤사위, 지구의 것 같지 않군.
그래 은하의 춤!
은하 속 어디에선가 꽃 피운 행성 하나 찾아냈다는 건가?
잠깐, 기억들 다 어디 갔지?
뇌 속이 물 뿌린 듯 고요해지고, 살랑대며 춤추는 은하가
천천히 돌면서 다가온다.
나도 모르게 몸을 내민다.   —황동규

'8층' 발코니에서 '8자형'으로 '흥'겹게 날리는 눈송이들을 본다. 정선 민박집 아침마당에 흩날렸던 봄날의 살구꽃잎에, 새 꽃밭을 찾아낸 벌들의 붕붕거림이 겹쳐져서, 내리는 흰 눈은 "꽃 피운 행성"을 찾아가는 은하의 춤이 된다. 몸을 찾아낸 은하가 춤을 추면서 (내게) 다가온다니, 그 춤사위가 지구의 것 같지 않다니, 몸을 내미는 베란다 밖이 어쩐지 이 세상 밖이나 이 시간 밖일 것만 같다.

　　시인에게 '팔팔(88)'한 삶이란, 잠깐의 기억들 흩날리다 문득 뇌 속이 물 뿌린 듯 고요해지는, 그렇게 "살랑대는" 춤이겠다. 가벼우면서도 흥겨워서, 포근하면서도 매혹적이어서, "나도 모르게 몸을 내밀"도록 하는! 살구꽃에서 벌로 다시 은하의 춤으로 개진하는 흰 눈의 행보가 한 생의 궤적만 같다. '살랑대는'을 '사랑대는'으로 오독했다. 힘차게 달려라, '사랑대는 춤사위', 은하의 춤 99로!

죽기 살기로 해야 할 일

죽도록

죽도록 공부해도 죽지 않는다,라는

학원 광고를 붙이고 달려가는 시내버스

죽도록 굶으면 죽고 죽도록 사랑해도 죽는데,

죽도록 공부하면 정말 죽지 않을까

죽도록 공부해본 인간이나

죽도록 해야 할 공부 같은 건 세상에 없다

저 광고는 결국,

죽음만을 광고하고 있는 거다

죽도록 공부하라는 건

죽으라는 뜻이다

죽도록 공부하는 아이들을 위해

옥상과 욕조와 지하철이 큰 입을 벌리고 있질 않나

공부란 활활 살기 위해 하는 것인데도

자정이 훨씬 넘도록

죽어가는 아이들을 실은 캄캄한 학원버스들이

어둠속을 질주한다, 죽기 살기로

—이영광

죽네, 죽이네, 죽겠네라는 말을 자주 한다. 좋아 죽고 예뻐 죽고, 배불러 죽고 배고파 죽고, 웃겨 죽고 화나 죽고, 억울해 죽고 쪽팔려 죽고, 기막혀 죽고 어이없어 죽는다. 한데 사람은 의외로 잘 안 죽는다. 이제는 늙어서도 잘 안 죽는다. 살겠네의 역설적 강조라고도 하지만, 실은 얼마나 죽고 싶고 죽기도 어려우면 말끝마다 이렇게 죽고 싶어 하는 걸까.

　모름지기 삼월은 봄이고, 개학이고, 대한민국 열혈 학부모와 학원들이 죽도록 공부해야 한다며 다짐하는 시즌이다. 학생들은 죽도록 공부하기 싫어서 죽고, 죽도록 공부만 시켜서 죽어간다. 해가 중천에 솟고 해가 지는 사이의 거리에서, 아이와 젊은이들이 사라져가고 나이 든 사람들만이 활보하는 이유다. 공부 때문에 죽고 싶고 또 그렇게 죽어가는 아이들과, 그런 아이 죽을 둥 살 둥 낳아 자신들처럼 키우고 싶지 않다는 젊은이들이 우리의 미래라면, 우리는 죽기 살기로 지금—여기를 바꾸어야만 할 거 같은데…….

잘 익은 김치처럼

겨울의 끝

매운 고춧가루와 쓰린 소금과 달콤한

생강즙에 버물려

김장독에 갈무리된

순하디 순한 한국의 토종 배추

양념도 양념이지만

적당히 묵혀야 제 맛이 든다.

맵지만도 않고 짜지만도 않고

쓰고 매운 맛을, 달고 신 맛을

한가지로 어우르는 그 진 맛

이제 한 60년 되었으니

제 맛이 들었을까,

사계절이라 하지만 세상이란 본디

언제나 추운 겨울

인생은 땅에 묻힌 김칫독일지도 모른다.

어느 날인가

그 분이 독을 여는 그 때를 위해

잘 익어 있어야 할 그 김치.　　　　　―오세영

어릴 적, 명실상부한 겨울의 시작은 김장하는 날이었다. 품앗이로 차출된 김장특전사 아줌마들과 후방을 어슬렁거리는 쪼무래기와 장정들을 위해 돼지고기를 삶았다. 생굴, 청각, 동태 등 해산물이 듬뿍 들어간 알싸한 양념소를 구수한 수육에 얹어 배춧속에 싸 먹는 그 맛이야말로 김장의 별미였다.

물에 씻겨 소금에 절여지고, 독한 마늘과 고춧가루와 생강에 버무려져, 독에 묻혀 한겨울을 견뎌내는 김장김치의 맛! 날것들을 죽이고 스스로 부드러워져 더불어 웅숭깊게 맛이 드는 숙성된 김치는, 그렇게 맛이 드는 우리 삶의 또 다른 비유다.

겨울의 끝맛과 인생의 끝맛이 김치로 내통한다. 겨우내 한 식구(食口)로, 한 입(口)으로 먹을 김치가 그득하면 월동 준비는 끝, 이제 겨울이 시작되어도 좋을 것이다.

고수의 위엄

노병

나는 노병입니다
태어나면서 입대하여
최고령 병사 되었습니다
이젠 허리 굽어지고
머릿결 하얗게 세었으나
퇴역명단에 이름 나붙지 않았으니
여전히 현역 병사입니다

나의 병무는 삶입니다

—김남조

전쟁은 전쟁터에만 있는 게 아니다. 아무도 없는 삶이 없기에, 싸워야 할 적이 없는 삶도 없다.

"태어나서 좋았다고, 살게 돼서 좋았다고, 오래 살아서 좋았다"고 말하는 시인은 삶과 사랑과 시의 노병임을 자처한다. 노병이되 여전한 우리 시단의 "현역 병사"이기에, 병무가 삶이고 매일매일 기록하는 병무일지가 시다.

현역으로 늙는다는 건 역경을 경력으로, 수고를 고수로 바꾸는 연금술의 체득 과정이다. "(구십) 평생을 통해 읽어 갈 책을 오래 살았기에 상당히 뒷부분까지 읽었고, 젊은이들이 아직까지 읽지 못한 심오한 문장을 읽어왔기에 앞으로 내 시는 더 좋아질 것이다"라며, "이 세상 끝날 때까지 희망을 노래하는 노병이 되어 삶을 살고 싶다"는 졸수(卒壽) 시인의 고백이 위풍당당하다.

'노인헌장'으로 불러 마땅할 시다. 최고(最古)가 최고(最高)가 된다는 건 아름다운 일이다.

사람이다, 사랑이다

형들의 사랑

그들은 서로를 사랑하지 않습니다
죽은 생선을 구워 먹고
살아남기도 하는 사이니까요

허나
형들의 사랑을 사랑이 아니라고 말하지 말아요

그들의 인생이 또한
겨울이 오면 눈사람을 만들고
눈싸움을 하는 것이며

그들의 인생이 또한
영혼의 궁둥이에 붙은 낙엽을 떼어주는 것이며

그들의 인생이 또한
자식새끼 키워 봤자 아무짝에도 쓸모없다
속 깊은 것이기 때문이지요

하느님

형들의 사랑을 보세요

점심에 하기 싫으면 저녁 먹고 하자

당신에게 말하고 노래하며

살구를 씻었습니다

기다려 내 몸을 둘러싼 안개 헤치고

투명한 모습으로 네 앞에 설 때까지

살구를 깨물고

상자 속에서 튀어나온 아내라는 시를 윤문하였습니다

여름비 잠시 멈춤

어제 본 아내의 내면은 주먹과 보자기

아내는 미나릿과에 속하는 얼굴로 창가에 앉아 담배를

피웠습니다

살구씨를 한쪽에 모아 놓고

그들은 과연 하였습니다

밤마다 꿈속으로 가는 아내의

관자놀이에 거머리 여러 마리를 놓아 꿈을 빨게 하였습니다

인생은 어쨌든

끝과 시작

형들의 슬픔은 점점 커지고 배가 나오고

형들의 기쁨은 점점 넓어집니다 머리가 빠지지요

그들은 21세기

그들은 조선시대에 있습니다

숯불을 사용하고

돼지고기를 익혀 먹고

푸른 군락이라는 방식에 엎드려 있고

그런 생활사 속에서

헛수고를 물리치고

각자의 이불 속에서

역사적인 순간에 대하여 생각합니다

물러나십시오

광화문에서, 금남로에서, LA한인타운에서

옆 사람의 꿈나라

우리들의 천국

주저않고 싶은 유혹도 많지만

존경과 사랑을 담아

등을 돌리고

들어 봐

아내가 믿는 하느님의 나라는

미나리 한 상자

들어 봐

시에 길라임을 넣어야겠어

그들은 서로를 사회합니다

겨울은 촛불잔치

영혼의 대자보는 떨어져 나가도

없는 자식인 셈 치고

시간을 설득합니다

안개를 헤치고 먹고사는 노부모처럼

또한 그들의 투쟁이

살구 한 알에서부터 시작되고요

하느님

형들의 사랑을 보세요

허나

형들의 사랑을 사랑이 아니라고 말하지 말아요

—김현

'형들의 사랑'을 유장하게 유유하게 유쾌하게 풀어낸 시다. 슬픔에 "배가 나오고" 기쁨에 "머리가 빠지"는 형들의 '나와바리'는 넓고 깊다. 죽은 고기를 찾아 헤매는 수컷 같고, 눈 내리는 걸 좋아하는 천진한 사내 같고, 세상 모든 누이들을 배려하는 섬세한 오빠 같다.

"자식새끼 키워 봤자 아무짝에도 쓸모없"다는 진리(!)를 깨달은 "속 깊은" 아저씨 같고, 21세기까지 살아남은 전근대적 꼰대나 마초 같다. 고기를 굽는 숯불과 아무도 모를 이불과 광화문의 촛불 사이를 오가는, 우정이었다가 야합이었다가 연대였던 형들의 사랑이란 '서로를 사회화'하는 과정이자 생존투쟁사다. 아들이 아비 되어 늙어가는 인생 이야기다.

모든 사랑이 그렇듯 그런 사랑을 사랑이 아니라고는 말할 수 없다. 그 사랑을 '두려움' 없이 '성실'히 살아내고 있다면 더더욱!

앙스트블뤼테와
말년의 양식

　　오에 겐자부로(大江健三郎)가 일흔 중반에 쓴 『익
사』를 읽고 난 후의 내 한 줄 평은 "세계적인 대작가가 자신
의 '만년의 작업(Late Work)' 과정을 그린 20세기 문학의 종
합선물세트"였다. 소설인 듯 소설 같지 않은 이 소설은 너무
많은 것들이 용광로처럼 들끓는 혼종적 글쓰기의 표본이었
다. 이 투박하고 난삽한 형식은 뭐지? 오에는 소설 주인공의
입을 빌려 "이런 방식의 글쓰기가 아니면 글쓰기 자체를 지속
할 수 없었다"고 고백한다. 그는 "진정한 예술가는 나이를 먹
으면서 원숙 또는 조화와는 반대되는 지점에 도달한다. 그러
한 '만년의 작업'을 궁극의 지점까지 몰고 감으로써 때로는 완
벽한 조화에 이를 수도 있다"는 에드워드 사이드(Edward W.

Said)의 문장을 인용해 자신의 개성적 양식을 의미화했다.

오에가 인용한 사이드의 이 문장은, 사이드가 백혈병과 투병하면서 쓴 글들을 사후에 엮은 『말년의 양식에 관하여(On Late Style)』에 실려있다. 이 저서는 테오도르 아도르노(Theodor Wiegengrund Adorno)가 '말년의 양식'이라는 제목으로, 베토벤 말년의 작품이 어떻게 평생에 걸친 미적 노력을 완성하는지를 탐구한 세 편의 글로부터 비롯되었다. 이 아도르노의 글들은, "위대한 작가들에서는, 완성된 작품들일지라도 그들이 전 생애에 걸쳐 집필한 미완성 단편들이 지닌 묵직함에는 미치지 못한다"는 발터 벤야민(Walter Benjamin)의 아포리즘을 구체화시킨 것이었다. 벤야민, 아도르노, 사이드, 오에로 이동하면서 단순했던 하나의 문장이 비평으로, 이론서로, 소설 작품으로 재탄생했다.

사이드의 『말년의 양식에 관하여』에는 '결을 거슬러 올라가는 문학과 예술'이라는 부제가 붙어있다. '거슬러'라는 술어는 주목을 요한다. 말년의 양식은 말년의 특징으로 간주되는 조화, 화해, 포용, 관용과도 같은 자연스러운 양식적 귀결이 아니다. 균열과 모순을 있는 그대로 드러내면서 기존의 사회질서에 저항하는 것이고, '말년(lateness)'이라는 죽음 혹은 종말의 시간성이 만들어내는 파국적 예술양식이다. 기존의 미학체계로 완성되기를 과감히 포기하는, 모순적이고 소외된 관계를 미완성으로 분출하는, 독창적 열정에서 비롯되는 예술이 자신의 권리와 자신의 신화를 포기하지 않는 근원적 힘인 것이다.

참일 수도 거짓일 수도 없는 삶 속에서 잘 늙어가고 있는한, 우리는 모두 장인(匠人)들이다. 여든이 넘어서도 걸작몇 점을 완성한 미켈란젤로, 여든이 넘어서도 발명을 했던에디슨, 아흔에 가장 창의적인 건축가로 인정받았던 라이트(Frank Lloyd Wright), 일흔여섯에 그림을 그리기 시작한 모지스(Anna Mary Robertson Moses)처럼. 늙어서도 여전히 '배우는 중'이었던 그들은 말년의 양식을 완성해냈다.

독일의 문호 마르틴 발저(Martin Walser)가 일흔아홉 살에완성한 소설 『불안의 꽃』은 말년에 극한의 행복과 불행의절정을 경험하는 한 노인의 이야기다. 앙스트(Angst, 공포, 두려움, 불안)와 블뤼테(Blüte, 개화, 만발, 전성기)의 합성어 '앙스트블뤼테(AngstBlüte)'가 원제다. 생명체가 생존이 위태로울 때 사력을 다해 마지막 꽃을 피우고 씨앗을 맺으려고 노력한다는 뜻의 생물학적 용어에서 유래한 앙스트블뤼테는, 말년에 이를수록 긴장과 분노와 불안으로 독자 혹은 관객을 당혹스럽고 불편하게 만드는 '말년의 양식'과 그 뿌리를같이한다.

내가 아버지와 어머니에게서 익혔던, 늙음의 환대 혹은지연이라는 두 방식이 바로 앙스트블뤼테는 아니었을까. 그러니 '말년의 양식'은 우리 삶에서도 가능하다.

제3부

한 채의 집, 한 권의 책

누군가는 내린다

서클라인

지하철을 타면 편하다
노인이 앞에 서면 불편하다

지하철이 지상에 도달하자 빛이 쏟아진다
눈이 부셔서
눈을 감았다

노인은 여전히 앞에 서 있다
눈은 빛에 익숙해졌고

지하철이 흔들리고 있었다

노인의 뒤에서 빛이 쏟아지고 있었다

노인들은 왜 낮에만 지하철을 타는가?
열차는 내선 순환하며 어둠 속으로 빨려
들어가고

눈은 다시 어둠에 익숙해지고

선릉역, 선릉역 말하자 선릉역에서 서는 것

—황인찬

지하철 편하다는 건 모두가 아는 사실이다. 괜히 역세권, 역세권, 하겠는가.

지하철의 창은, 지하로 들어가면 거울이 되고 지상으로 나오면 발광체가 된다. 내 앞에 선 노인이 등진 창으로부터 쏟아지는 비추임과 눈부심이 피로해서, 나의 지금—여기가 너무 무거워서, 앉은 자리를 양보하기 쉽지 않다. 나의 미래가 내 앞에 서있으면 눈을 감게 되는 이유다.

선릉역 지나면 누에가 고치를 트는 잠실역이 시작되고 엄마야 누나야 같이 살자는 강변역을 지난다. 가도가도 왕십리역 지나 꼬꼬부랑까지 아홉 노인이 살았다는 구로역 지나 별이 떨어졌다는 낙성대역을 지나면 다시 큰 무덤이 있는 선릉역이다. 평균 88분, 아니 88년이 걸리는 노선이다. 매일 이백만 명이 이 순환선을 오르내린다.

곧 도착할 선릉역에서 누군가는 내릴 것이다.

고단함 속 작은 구원

파 할머니와 성경책

추석 대목 지나 발걸음
한산한
돈암동 시장 골목길

느른한 정적이 감도는 하오,
검은 가죽 표지
성경책 바로 옆에 펼쳐 놓고

파뿌리처럼 쓰러져 잠든 할머니
대문짝 활자가
돋보기안경에 넘칠 만큼 가득해,

앙상한 팔다리 웅크린
할머니, 하늘의 품에
안겨, 기도하다 잠든 아기처럼 포근하다

—최동호

가을 오후의 햇볕 아래였을 것이다. 읽고 있던 "검은 가죽 표지"의 성경책과, 팔다 남은 "흰 파뿌리" 사이를 오가다 설풋 졸음 반 잠 반에 든 할머니. 난전 한가운데서 천국에 드신, 파 할머니의 설잠에서 시인은 삶의 수고로움과 노곤함을 엿본다.

"한번도 고개를 들어 행인을 보지 않고/ 언제나 구부린 자세로/ 파를 다듬"는 파 할머니의 모습이 삶에 오체투지 하는 고단함의 상징이라면, 성경책을 펼쳐놓고 흰 파뿌리처럼 쓰러져 태아처럼 잠든 모습은 고단함으로부터 해방된 구원의 상징이다. 봄 쪽파는 다듬느라 종일 고개를 숙인 채 팔았을 거고, 가을 대파는 간간이 성경을 읽거나 먼 데를 바라보면서 팔았을 것이다.

'노파(老婆)'의 '파(婆)' 자는 할머니 '파'다. 아리랑 고개, 미아리 고개를 넘어 들어오는 돈암동 시장 길목에서 노파는 기운을 북돋는 파를 팔다 풋잠에 들었다. 겨드랑이에도 파 냄새 푸릇하겠다. 잘 익은 파김치가 먹고 싶다.

혹독한 기다림

헌 집

헌 집에는 늙은 개 한 마리가 낡은 마당을 어슬렁거릴 뿐

후박나무 그림자가 길어져도 문 여닫는 소리가 없다

바람이 혼자 산다

바람처럼 드나드는 그녀는 발소리도 말소리도 없다

바람을 먹고 사는 바람꽃이 찾아오는 날은

그녀를 떠나 있던 물 긷는 소리도 오고

밥그릇 달그락거리는 소리도 온다

헌 집은 소리들, 미세한 소리들로 차고 기운다

후박나무 그림자가 더욱 길어지고

그녀는 후박나무 아래서

바람을 더듬는다 바람의 여린 뼈가 만져진다

그녀는 주름투성이의 입술을 문다

후박나무 잎새들이 검게 변한다

헌 집이 조금씩 산기슭으로 옮겨간다

양지바른 산기슭에 그녀의 새집이

기다리고 있다는 걸 후박나무 그림자는 안다

시간이 조용히 다녀간 헌 집 늙은 개 한 마리 봄볕에 졸고
바람꽃 찾아와도 물 긷는 소리 들리지 않는다

—김윤배

헌 집은 늙은 개 한 마리와 바람과 후박나무 그
림자와 함께 산다. 그런 헌 집에는 없는 게 많다. 눈이 침침
하니 보이는 게 적고, 귀가 어두우니 화날 일이 없다. 이가
빠졌으니 먹을 게 적고, 발음이 부정확하니 말이 없다. 얼굴
이 주저앉으니 만날 사람이 적고, 다리가 풀렸으니 나갈 일
이 없다. 그러니 문 여닫는 소리, 발소리, 말소리 따위도 없
다. 집 나간 식솔인 듯 "바람꽃"이 찾아오는 날이면 그제야
물 긷는 소리, 밥그릇 달그락거리는 소리가 사부작거릴 뿐.
헌 집은 "혹독한 기다림 위에 있다." 소멸에의 기다림이다.

2016년 한 해 386명의 노인이 고독사했다. 독거노인 수가
125만 명을 넘었다. 헌 집이 조금씩 산기슭으로 옮겨간다.
양지바른 산기슭에는 새집이 기다리고 있다.

모두를 아우르는 접두어

개복숭아나무

아픈 아이를 끝내 놓친 젊은 여자의 흐느낌이 들리는 나무다

처음 맺히는 열매는 거친 풀밭에 묶인 소의 둥근 눈알을 닮아갔다

후일에는 기구하게 폭삭 익었다

윗집에 살던 어름한 형도 이 나무를 참 좋아했다

숫기 없는 나도 이 나무를 좋아했다

바라보면 참회가 많아지는 나무다

마을로 내려오면 사람들 살아가는 게 별반 이 나무와 다르지 않았다

—문태준

이름부터 짠한 개복숭아나무에게서 시인은 아이를 앞세운 젊은 엄마의 흐느낌을 듣는다. "끝내"에는 그 흐느낌의 붉은 기운이 묻어난다. 개복숭아꽃이 복숭아꽃보다 더 붉은 이유다. 잘고 볼품없는 초여름 개복숭아 열매는 소의 먹먹한 눈을 닮았고, 제풀에 익어버린 늦여름 열매는 버림받은 여자의 기구한 눈을 닮았다. "폭삭"에는 제풀에 주저 앉아버린 그 막막함이 배어난다. 시늉만 복숭아인 이유다.

처연과 기구가 엮어내는 한 여자의 일생, 이런 서사를 좋아하는 남자는 아마도 어름하거나 숫기 없는 사람일 게다. 그런 서사를 떠올리며 참회가 많아지는 건 우연 같은 운명에 순명하며 살았기 때문일 게다. 실은 그런 서사의 주인공인 '개'복숭아야말로 이 세상의 '킹', '왕', '짱'과 '꿀', '핵', '캐'를 아우르는 접두어로서의 '개'이자 필부필부로서의 '개'이다.

한 채의 집, 한 권의 책

짐
—어머니학교 6

기사 양반,
이걸 어쩐댜?
정거장에 짐 보따릴 놓고 탔네.

걱정 마유. 보기엔 노각 같아도
이 버스가 후진 전문이유.
담부턴 지발, 짐부터 실으셔유.

그러니께 나부터 타는 겨.
나만 한 짐짝이
어디 또 있간디?

그나저나,
의자를 몽땅
경로석으로 바꿔야겠슈.

영구차 끌듯이

고분고분하게 몰아.

한 사람 한 사람이

다 고분이니께.

—이정록

공자에게 70세는 다함없는 나이였다. 종심(從心), 마음대로 따라도 어긋남 없는 최고(最古)의 경지였다. 그러나 오늘날 70세는 장년에 불과하다. 75세부터 100세가 노인 연령이란다. 현재 나이에 0.7을 곱해야 우리에게 익숙한 인생의 나이가 된단다. 젊어도 너무 젊다. 장수국가, 노인의 나라는 받아놓은 당상이겠다.

'노인 한 사람이 죽을 때 도서관 한 채가 불타 없어진다'는 아프리카 격언이 아니더라도, 노인은 한 마을의 도서관이자 사원이라 했다. 한 채의 집이자 한 권의 책이라 했다. 노인이 가진 풍부한 경험과 능변과 지혜의 깊이를 빗댄 비유인데, 여기에 한 기의 '고분(古墳)'도 추가해야겠다. 그러니께와 그나저나를 지나, 짐에서 짐짝, 노각에서 영구차, 고분고분에서 고분으로 이어지는 입담이 구수하다. 능청능청 충청도 사투리에 더해진, 지혜백단 할머니와 여유백단 기사 양반의 만담 같은 환담 한 수가 꼬숩고 꼬숩다!

입말이 꽃피운 경지

눈들 영감의 마른 명태

〈눈들 영감 마른 명태 자시듯〉이란 말이 또 질마재 마을에 있는데요. 참, 용해요. 그 딴딴히 마른 뼈다귀가 억센 명태를 어떻게 그렇게는 머리끝에서 꼬리끝까지 쬐끔도 안 남기고 목구멍 속으로 모조리 다 우물거려 넘기시는지, 우아랫니 하나도 없는 여든 살짜리 늙은 할아버지가 정말 참 용해요. 하루 몇십 리씩의 지게 소금장수인 이 집 손자가 꿈속의 어쩌다가의 떡처럼 한 마리씩 사다 주는 거니까 맛도 무척 좋을 테지만 그 사나운 뼈다귀들을 다 어떻게 속에다 따 담는지 그건 용해요.

이것도 아마 이 하늘 밑에서는 거의 없는 일일 테니 불가불 할수없이 신화의 일종이겠습죠? 그래서 그런지 아닌게아니라 이 영감의 머리에는 꼭 귀신의 것 같은 낡고 낡은 탕건이 하나 얹히어 있었습니다. 똥구녁께는 얼마나 많이 말라째져 있었는지, 들여다보질 못해서 거까지는 모르지만……

—서정주

78

'골모실 당골래 굿춤 추듯', '모질이 종백이 말××'
라는 말이 내 어릴 적 마을에도 있었다. 마을에서 통용되
는 관용구가 세를 넓히면 '미친년 널뛰듯'이나 '귀신 씨나락
까먹는 소리'와 같은 속담이 된다. 질마재 마을에도 '눈들
영감 마른 명태 자시듯'이라는 말이 있었단다. '눈(眼)이 들
렸'거나 '눈(雪)이 자주(혹은 오래) 쌓인 들'에 살아서 눈들 영
감일까? "딴딴히 마른" 명태를 우아랫니 하나 없이 뼈다귀
째 우물우물 자시는 "여든 살짜리"(지금으로 치자면 백스무 살
쯤은 족할 게다!) 할배의 식탐이 가히 신(神)스럽다.

　　ㄲ, ㄸ, ㅃ, ㅉ, ㅌ, ㅊ…… 된소리 센소리들에 침이 튈 것
같다. 부사들, 지시어들, 자탄의 추임새들이 참기름 같다.
"신화"와 "똥꾸녁께"를 롤러코스터처럼 오가는 설의와 너스
레는 또 어떤가. 이 시에서 나는 "하루 몇십 리씩의 지게 소
금장수", "꿈속의 어쩌다가의 떡"과 같은 '의' 조어법과, "불
가불 할수없이", "그래서 그런지 아닌게아니라" 등의 중첩어
법을 배웠다. 우리 입말로 꽃피운, '참 용하고 찬란하神' 눈
들 영감이시다!

마지막 유업

벌초를 하며

한여름 뙤약볕도 조금씩 사위어드는 날

한사코 따라나선 칠순 노모와 함께 사 남매가 벌초를 나
선다

전에는 경운기가 오르내렸던 기억을 더듬어

앞선 내가 워이—워이— 큰 소리 내며

휘두른 낫은 허공을 가르며 사라진 산길을 찾는다

예초기 둘러메고 성묘 음식 담은 가방을 짊어지고 따르
는 동생들을 돌아보며

이 일이 우리 세대의 마지막 유업일는지 모른다며

언제부턴가 불쑥불쑥 나타나기 시작한 산중의 칡들

이젠 아버지 산소 일대를 온통 뒤덮어 어디서부터 손대야
할지 막막하기만 한데

칡줄기를 걷어내고 칡뿌리를 찾아 뽑고 무성한 풀을 베어
내고 흐트러진 봉분을 바로잡고

여름 볕보다 더 지친 숨을 가쁘게 뱉어내기를 반나절여

털썩 주저앉아

—어머이 아무래도 안 되것소. 한두 해도 아니고 점점 더 무성해져가는 이놈의 칡 땜시 못살것소…… 남들 보기도 그렇고, 아무래도 날 받아서 이장해야 안 되것소

　—아야, 그런 것만은 아니다. 너그 아부지 갑자기 간 지 이십육 년이 넘지 않았냐. 맨손으로 시작혀서 너그들 넷 그 동안 별 탈 읎이 핵교 마치고 직장 잡아 돈벌이하며 결혼해서 새끼 낳고 이맨치라도 사는 게…… 다 너그 아부지가 너그들한테 미칠 세상에 얽히고설킨 온갖 근심과 모진 풍파 여기서 이렇게 온몸으로 다 끌어안고 있어서 그런 거이다. 구시렁거렸쌌지만 말고 쉬었거든 옆 묏동 칡도 저만치 걷어내그라

　　임실군 둔남면 주천리 집성촌엔 인적이 없고
　　텅 빈 산엔 수풀과 칡만 우거져 무성한데
　　어디선가 예초기 기계음 메아리치고
　　손에 익지 않은 낫질을 하고 갈퀴로 풀을 걷어내는
　　사내들의 땀에 젖은 신음 소리만 간간이 들리고

—곽효환

처서부터 추석까지가 가을벌초 시기다. 추석을 맞아 성묘 차 벌초를 하러 간 사 남매 중 맏이와 칠순 노모가 나눈 대화의 한 대목이다. 이 일가족의 벌초는 기승전 칡과의 전쟁이다. 일 년에 한두 번 찾아와 "칡줄기를 걷어내고 칡뿌리를 찾아 뽑고" 또 뽑아도 얽히고설킨 땅 속 칡뿌리를 제거하지 않는 한, 예초(刈草)의 속도는 번식의 속도를 따라잡지 못한다. 오죽하면 만수산 드렁칡이라 했을까.

한데, 아버지 무덤가에 두렁두렁 무성한 이 칡줄기 칡뿌리가 자식들에게는 노역의 화근이지만, 칠순 노모에게는 이십육 년 전에 먼저 간 남편의 육신만 같다. 자손들 걱정 근심 풍파를 대신 끌어안아준 남편의 보살핌 같고 그 희생의 제물만 같다. 노모의 이런 속 깊은 정과 무한긍정으로 자손들이 흥성했겠으나 노모는 그 덕 또한 고스란히 먼저 간 남편에게 돌린다. 그나저나 이런 벌초도 "우리 세대의 마지막 유업"일지 모른다. 가을벌초 길, 보라색 칡꽃 한창이겠다.

주저앉고 싶다

너와집 한 채

길이 있다면, 어디 두천쯤에나 가서
강원남도 울진군 북면의
버려진 너와집이나 얻어 들겠네, 거기서
한 마장 다시 화전에 그슬린 말재를 넘어
눈 아래 골짜기에 들었다가 길을 잃겠네
저 비탈바다 온통 단풍 불 붙을 때
너와집 썩은 나무껍질에도 배어든 연기가 매워서
집이 없는 사람 거기서도 눈물 잣겠네

쪽문을 열면 더욱 쓸쓸해진 개옻 그늘과
문득 죽음과, 들풀처럼 버팅길 남은 가을과
길이 있다면, 시간 비껴
길 찾아가는 사람들 아무도 기억 못하는 두천
그런 산길에 접어들어
함께 불 붙는 몸으로 저 골짜기 가득
구름 연기 첩첩 채워넣고서

사무친 세간의 슬픔, 저버리지 못한

세월마저 허물어버린 뒤

주저앉을 듯 겨우겨우 서 있는 저기 너와집,

토방 밖에는 황토흙빛 강아지 한 마리 키우겠네

부뚜막에 쪼그려 수제비 뜨는 나 어린 처녀의

외간 남자가 되어

아주 잊었던 연모 머리 위의 별처럼 띄워놓고

그 물색으로 마음은 비포장도로처럼 덜컹거리겠네

강원남도 울진군 북면

매봉산 넘어 원당 지나서 두천

따라오는 등뒤의 오솔길도 아주 지우겠네

마침내 돌아서지 않겠네

—김명인

책임과 의무를 다한 심부름꾼처럼 매일매일을 숨
차게 달려왔다고 생각될 때가 있다. 그럴 때면 홀연 길을 잃
고 세상과 두절되고 싶어진다. 굽이굽이 열두 고개 넘어 맹
수와 금강소나무와 산양이 산다는 경상북도 최북단 울진
군 북면 두천리쯤의 태백 숲길이었으면 좋겠다. 불붙는 단
풍 끝물 즈음에서 폭설이 녹아내릴 즈음까지였으면 좋겠
다. 무릎이 꺾인 채 길과 시간과 세간의 슬픔을 비껴 너와
집 한 채처럼 주저앉고 싶다. "황토흙빛 강아지"나 키우며
"부뚜막에 쪼그려 수제비 뜨는 나 어린 처녀의 외간 남자"
가 되고 싶은, 그 물색없는 '물색'의 마음으로 마침내 돌아
가는 길마저 지우고 싶다. 첩첩의 농담으로 둘러싸인 능선
뒤편으로 저무는 해를 바라보며…….

지도에도 없는 "강원남도 두천"이라는 곳, 누군들 한번은
꿈꿔보지 않았을까.

노인의 겨울밤

월훈(月暈)

  첩첩 산중에도 없는 마을이 여긴 있습니다. 잎 진 사잇길 저 모래뚝, 그 너머 강기슭에서도 보이진 않습니다. 허방다리 들어내면 보이는 마을.

  갱(坑) 속 같은 마을. 꼴깍, 해가, 노루꼬리 해가 지면 집집마다 봉당에 불을 켜지요. 콩깍지, 콩깍지처럼 후미진 외딴집, 외딴집에도 불빛은 앉아 이슥토록 창문은 모과(木瓜)빛입니다.

  기인 밤입니다. 외딴집 노인은 홀로 잠이 깨어 출출한 나머지 무우를 깎기도 하고 고구마를 깎다, 문득 바람도 없는데 시나브로 풀려 풀려내리는 짚단, 짚오라기의 설레임을 듣습니다. 귀를 모으고 듣지요. 후루룩 후루룩 처마깃에 나래 묻는 이름 모를 새, 새들의 온기(溫氣)를 생각합니다. 숨을 죽이고 생각하지요.

  참 오래오래, 노인의 자리맡에 받은 기침소리도 없을 양이면 벽 속에서 겨울 귀뚜라미는 울지요. 떼를 지어 웁니다, 벽이 무너지라고 웁니다.

  어느덧 밖에는 눈발이라도 치는지, 펄펄 함박눈이라도 흩

날리는지, 창호지 문살에 돋는 월훈(月暈).

—박용래

      첩첩산중에도 없는 마을은, 없는 듯 있다. 갱(坑) 속 같은 마을 외딴집의 노르스름하게 익은 모과빛 저녁 창문 안에서는 노인이 혼자 "기인 밤"을 견뎌내고 있다. 밤중에 홀로 깨어, 무나 고구마를 깎는 노인의 밭은 기침소리와 겨울 귀뚜라미 소리는 사멸을 향한 이중창이다. "모과빛" 창문에 짚오라기의 설렘과 이름 모를 새들의 온기가 따뜻하게 어룽이고, 월훈(달무리, 달그림자)이 깃들고, 함박눈이 들이친다. 서울로, 서울로, 향했던 우리 근대화의 뒷모습이고 매일을, 매일을, 정신없이 달려왔던 우리 노년의 풍경이다. 독거와 기다림과 밭은기침소리의 늙음3종세트에 더해진, 월훈과 함박눈과 겨울귀뚜라미소리의 겨울밤3종세트가 깊고 깊다.

    70년대 유행했던 영사운드의 〈달무리〉라는 노래가 떠오른다. 달무리야, 달무리야, 어서 지고~.

갈수록 부족한

많지, 많지 않다
—사랑할 시간이 많지 않다 -정현종

칠성에서 낸 외동아들
명이 짧겠다는 만신의 말에
어머니는 쌀을 퍼다 주셨다
그 공양미 덕분인가
어느덧 여든 고개에 이르니
남은 시간이 많지, 많지 않다

동리(東里)는 붓을 놓으시기 바로 전
—여행을 떠나기에도 사랑을 하기에도
책을 읽기에도 시간이 아깝다—고
시 〈세월〉을 내게 주셨는데
아까워서 다 쓰지 못한 시간
지금은 펑펑 쓰고 계실까

없는 돈에 사들인 책들
종이 상자에 넣어 쌓아놓고

발품 팔아 모은 벼룻돌들

먹 때도 씻지 못했는데

내가 내게 하마던 것들

알지 못하게 저질러놓은

허물이며 치러야 할 몸값들은

또 어떻게 벗고 갚는다지

많지, 많지 않다

꽃 보고 달 보고

강가나 숲길 어슬렁거리며

말도 되지 않는 말

글자로 적어내는 일도

이제 나를 떠났는데

—어디 사랑할 시간을?

어림도 없다

—이근배

"죽음 때문에 우리는 하루도 한가하게 지낼 수 없다"고 썼던 건 베케트였고, "늙어갈수록 작가는 더 잘 써야 한다. 더 많이 봤고, 더 많이 견뎠고, 더 많이 잃었고, 죽음에 더 다가가지 않았는가. 죽음에 더 다가갔다는 것은 가장 큰 장점이다"라고 썼던 건 부코스키였다. 해가 중천에 뜰 때까지 이불 속에서 뒹굴거리는 자식들을 향해 "죽고 나면 내내 잘 텐데, 해 아깝게 뭔 잠을 그리 자냐"고 버럭했던 건 울엄마였다.

"사랑할 시간이 많지 않다"고 노래한 정현종 이전에 "여행을 떠나기에도 사랑을 하기에도/ 책을 읽기에도 시간이 아깝다"고 노래했던 김동리가 있었다. 그리고 여기, 그 노래들에 의지해 사랑이나 여행은 말할 것도 없고 "내게 하마던 것들/ 알지 못하게 저질러놓은/ 허물이며 치러야 할 몸값들"을 "벗고 갚을" 시간도 많지 않고, 시 쓰던 버릇도 떠나보내고 내가 나를 떠날 시간도 많지 않다고 노래하는 시인이 있다.

이래저래 늙을수록 죽음에 다가갈수록 "많지 않은" 것 중 제일은 시간인가 보다.

백 년이나 이백 년 후면

시간의 신, 크로노스(Kronos)와 카이로스(Kairos)는 시간의 서로 다른 속성을 상징한다. 크로노스는 자신이 먹히지 않기 위해 자식을 삼키고 모든 것들을 삼켜버리는 신이고, 양손에 칼과 저울을 든 카이로스는 어깨와 발에 날개가 달려 날아다니는데 민머리라 붙잡을 수도 없고 심지어 눈에도 보이지 않는 기회의 신이다. 늙음의 두 속성이기도 하다. 한순간 먹혀버리는 것이 늙음이고, 칼과 저울로 매순간 삶을 달아보고 달아나는 것이 늙음이다. 우리는 늙음을 삼켜버릴 수도 있고, 칼과 저울로 늙음을 달아볼 수도 있다.

늙음은 우리가 살아낸 시간이고 소멸을 향해 가는 시간

이다. 시간이 우리를 둘러싸고 있듯, 그러나 시간을 손아귀에 움켜쥐고 잡아볼 수는 없듯, 우리는 누구도 그 늙음에 대해 충분하게 이야기할 수 없다. 단편적인 경험만을 얘기할 수 있을 뿐.

백년이나 이백년 후면 이백살까지 산다는데
그러니까 백년이나 이백년 후면

백이른살된당신아들과백마흔살된당신손자와백스무살된
당신증손자와백살된당신고손자와여든살된당신현손자와
(두루 둘러봐도 쭈글쭈글한 생들뿐이다)
(나는 육대 이후의 호칭을 알지 못하니)
이윽고쉰살된당신육대손자와서른살된당신칠대손자와이
제갓태어난당신팔대손자가

오래된 큰 나무가 그렇고
오래된 큰 구름이 그렇고
그렇게 오래된 것은 비어 있게 마련이라고,
당신이 죽어가는 머리맡을 비워둘 텐데

―졸시, 「죽음의 완성」 부분

우리는 사적으로 유례없는 긴 노년을 보내야 하는 '호

모헌드레드' 시대를 살고 있다. 2017년 우리나라 신생아 수는 사상 최저치인 36만 명을 기록했다. 파피부머(papy-boomer) 혹은 베이비부머(baby-boomer)의 꼭짓점을 찍었던 1960년의 100만 명에 비하면 반세기 만에 무려 세 토막이 났다. 100만에 육박한 신생아 대열에 끼어 줄줄이 탄생했던 그 베이비부머들이 지금 5, 60대에 포진해 은퇴와 실버를 향해 떠밀려가고 있다. 1960년의 평균수명은 52.5세였고, 2017년의 평균수명은 82.1세다. 2017년부터 아이보다 노인이 더 많아졌다. 2029년부터는 출생자보다 사망자가 많아질 것이다.

신생아는 줄고 베이버부머는 따박따박 늙어가고, 평균수명은 늘어 매년 노령인구는 기하급수적으로 늘고 있다.

제4부

갔지만 남는 것

빈 젖 빠는 소리

달 속에 두고 온 노트

그녀는 이제 요양원 침대에 누워 있다

그녀의 머리맡에 두고 왔다
아무도 읽지 않는
시를 베낀 노트 한 권을

달에서 어머니의 빈 젖을 빠는
소리가 들린다 버스 창가
지나가는 달을 올려다보는 이여

—박형준

우리의 고령화 속도는 세계에서 제일 빠르다. 설상가상 65세 이상 노인 중 둘에 하나는 빈곤층이다. 노인은 새로운 프롤레타리아다. 노년은 빈곤, 중년은 부채, 청년은 실업, 이런 현실에서 노인 케어를 위한 공간과 인력과 비용을 감당하기란 녹록지 않다. 날로 요양원과 요양병원이 늘어나는 이유다. 중년층 둘에 하나는 어버이날 노부모를 뵈러 요양시설로 간다.

요양원에 누워만 계시는, 문자를 읽을 수도 없는 노모에게 시인은 "시를 베낀 노트 한 권"밖에 드릴 게 없다. 아마도 노모는 시인을 무척이나 자랑스러워했을 것이다. 그러니 노모에게 바칠 수 있는, 성경이나 불경에 버금가는, 최고이자 최선의 공양물이었을 것이다.

노모를 요양원에 두고 돌아오는 버스에서 시인은, 지나가는 달을 보며 어머니 젖무덤을 떠올리고 "빈 젖" 빠는 소리를 듣는다. 젖도 비어가고 달도 비어가고, 가책과 허기가 밀려왔을 것이다.

금세 슬픔이 번식한다

인공호수

죽은 식물과 동물의 냄새가
내 얼굴에 배어 있다
조금만 햇빛을 쬐어도
슬픔이 녹색 플랑크톤처럼
나를 덮는다

―진은영

일우일아(一雨一芽), 한 비에 한 싹이 터지는 사월은 햇빛들 한량처럼 화사해 볕바라기하기 좋은 날들이다. 물속 녹색 플랑크톤도 녹색녹색, 광합성에 바쁘겠다. 이 녹색 플랑크톤이 햇빛을 좋아하는 건 당연지사. 그리고 또 하나, 죽은 것들이 내뿜는 인(燐)을 먹고 산다. 햇빛과 인과 플랑크톤, 녹조현상의 세 요소들이다. 물길의 흐름을 인위적으로 차단한 인공호수, 인공보, 인공천에 봄이 되면 '녹조라테'가 만들어지는 이유다.

생명과 멀리 있거나 인공적인 것들은 봄에 상하기 쉽다. 봄에 문상 가야 할 일이 더 많고, 봄에 자살자가 더 많고, 봄에 우울하고 슬픈 사람들이 더 많은 까닭이다. 죽은 식물과 동물의 냄새가 밴 얼굴에 "조금만 햇빛을 쬐어도" 금세 슬픔이 번식하는 까닭이다. 슬픔과 죽음을 가까스로 버티고 있는 사람들에게 햇빛은 독이 된다. "조금만 햇빛을 쬐어도" 녹색 플랑크톤처럼 얼굴을 덮어버리는 시간의 주름들, 사월이 잔인한 까닭이다. '내 얼굴은 인공호수'라는 새로운 비유가 탄생했다!

죽을 곳을 선택할 수 있다면

다시 바라나시에 와서

강아지 세 마리 네 마리 다섯 마리가
비루먹은 어미
등에 올라타고, 젖을 빨고, 엉치에 코를 디밀고, 눈두덩을
핥고 있다

어미는 옆구리에 머리를 처박고
객사한 듯
쓰러져 잠들어 있다
이불을 끌어당기듯 재를 끌어안고 있다

생(生)은 또하나의 불의 양식(樣式)인데,
주검을 끌어당기듯 생을 끌어당기고 있다

―장철문

바라나시는 갠지스강 중하류 왼쪽에 위치한 인도 힌두교의 성지 중 하나다. 붉은 해가 허허롭게 펼쳐진 강 저편에서 떠올라 남루한 삶이 난장처럼 펼쳐진 강 이편으로 저무는 풍경을 바라보노라면, 저절로 우리는 어디서 와서 어디로 가는지를 사색하게 됐을 것이다. 태어나는 곳을 선택하지는 못했으나 죽을 곳을 선택할 수 있다면 이곳이었을 것이다. 바라나시, '신성한 물을 차지한다'는 뜻의 이곳에서 화장(火葬) 후 강물에 뿌려지기를 꿈꾸었을 것이다.

바라나시에서 사람들은, 산 자의 오물과 죽은 자의 유해가 뒤섞인 갠지스 강물로 신성하게 몸을 씻고 입을 헹구고 그 강물로 일상의 밥을 짓고 빨래를 한다. 산 자들은 강가에서 생활하고 죽은 자들은 강으로 흘러들어 간다. 생의 모든 것을 끌어당기는 곳, 사후세계로 가는 문과 같은 곳, 그곳이 바라나시다. 주검에 올라타 코를 박고 핥고 빨고 있는 저 강아지 중 하나가 나였을지도.

옆구리에 찬샘 파이듯

천남성이라는 풀

외할머니에게 남은 걱정이 있다면
사그랑이 몸뿐
꽃의 색깔이 잎과 같은 초록색인 천남성은
외할머니의 남은 것 중 몸에 가장 가깝지만
그 몸이 더 맑다
비 그친 하늘가에서 팔십 년을 보냈다면,
옆구리에 패일 찬샘처럼
잎이 변해 깔때기같이 길게 구부러진 초록 꽃잎은
이제 뻣뻣해지는 손이나 발이 생각해내는 젊은 살결처럼
저 피안에서나 다시 사용할 노잣돈처럼
숨은 노래를 다시 감추고 있다, 그 노래는
초록 꽃잎 안의 노란색 암술, 놀랍게도
꽃이름은 별의 이름, 알고 보면
잎이나 꽃이나 같은 초록인 것처럼
외할머니는 사십 년 전 내 어릴 적에도 할머니였다

—송재학

천남성(天南星)은 2월경에 남쪽 지평선 가까이에서 잠깐 볼 수 있는 별이라서 남극성(南極星), 남극노인성이라 한다. 사람의 수명을 관장해 수성(壽星)이라고도 하는데 이 별을 보면 장수하고 이 별이 나타나면 태평성대한다고 믿었다.

이 별이름이 붙여진 풀꽃이 있다. 꽃이 초록인데 잎이 변해 꽃잎이 되었다. 독성이 있는 데다 뱀 머리나 호랑이 발바닥을 닮은 데서도 알 수 있듯, 꽃 같지 않은 꽃이다. 그 꽃에서 시인은 자신이 태어날 때부터 할머니였던, 자신으로 인해 할머니가 되었던 사십 년 전부터의 외할머니를 본다. 기다란 물주머니처럼 생겼다니 옆구리에 찬샘 파이듯 살았을 것이다, 외할머니도, 천남성꽃도. 젊은 살결을 숨기고 저승 노잣돈을 품은 듯 시리고 푸르게 살았을 것이다.

그늘지고 습기 찬 곳 어딘가에 천남성꽃 피어있겠다.

엇박자의 맞물림

회생

한달에 두건 가지고는 유지가 안돼요. 여덟건 이상은 해야 돼요. 여름에는 노인들이 잘 안 죽어요. 이 업종에도 성수기가 있다니까요. 요즘엔 일을 통 못했어요. 한때 우리가 바가지를 씌우고 불친절하다고 소문이 났었지만 그래도 지난겨울엔 여섯건은 했거든요. 요즘은 친절하려고 애쓰는데도 회복이 잘 안되네요. 땅 사고 건물 짓느라 은행 빚을 많이 얻었어요. 장사가 잘돼야 이자도 내고 원금도 갚아나가지요. 이 김포시 인구가 이십사만인데 보시다시피 막 신도시가 들어서고 있잖아요. 머지않아 오십만은 될 것이고 그중 노인 인구가 점점 늘어나 이제 20프로는 노인이거든요. 그중 5프로만 죽는다 해도, 그리고 대부분 큰 병원 영안실에서 장례식을 하고 나머지 10프로만 우리 장례식장에서 처리한다 해도 틀림없이 우린 회생할 수 있어요. 겨울까지만 좀 기다려주세요. 노인들이 여름에는 잘 안 죽어요. 비수기라니까요.

—최정례

104

회생은 기사회생(起死回生)의 준말이고 구사일생(九死一生)의 다른 말이다. 요즘 이 회생이라는 말은 개인·기업회생, 회생절차, 회생제도, 회생대출 따위의 법률용어로 더 익숙하다. 은행 빚을 많이 진 장례식장 업주의 넋두리가 구구하고 절절하다. 요약하면, 죽어야 회생한다는 당연지사의 말이다. 죽어줘야 이윤이 발생하는 장례 영업의 아이러니다. 이때 죽음은 '건'으로 거래되고 주검은 바가지를 뒤집어쓰는 '호갱님'이다. 노인인구는 미래 고객 수이고 여름은 비수기다. 병원, 교회, 절집, 변호사사무실, 상담소, 점집, 흥신소, 재수학원의 매출 비결은 '너의 불행은 나의 행복'에 있다.

죽어야 사는, 목줄이 돈줄이 되는 이 엇박자의 맞물림 앞에서 난감하달밖에!

타들어가는 시간

포도나무를 태우며

서는 것과 앉는 것 사이에는 아무것도 없습니까
삶과 죽음의 사이는 어떻습니까
어느 해 포도나무는 숨을 멈추었습니다

사이를 알아볼 수 없을 만큼 살았습니다
우리는 건강보험도 없이 늙었습니다
너덜너덜 목 없는 빨래처럼 말라갔습니다

알아볼 수 있어 너무나 사무치던 몇몇 얼굴이 우리의 시
간이었습니까
내가 당신을 죽였다면 나는 살아 있습니까
어느 날 창공을 올려다보면서 터뜨릴 울분이 아직도 있습
니까

그림자를 뒤에 두고 상처뿐인 발이 혼자 가고 있는 걸 보
고 있습니다
그리고 물어봅니다

포도나무의 시간은 포도나무가 생기기 전에도 있었습니까

그 시간을 우리는 포도나무가 생기기 전의 시간이라고 부
릅니까

지금 타들어가는 포도나무의 시간은 무엇으로 불립니까

정거장에서 이별을 하던 두 별 사이에도 죽음과 삶만이
있습니까

지금 타오르는 저 불길은 무덤입니까 술 없는 음복입니까

그걸 알아볼 수 없어서 우리 삶은 초라합니까

가을달이 지고 있습니다

―허수경

"내가 참 포도나무요 내 아버지는 그 농부라." 성경 구절이다. 다디단 여름의 포도송이를 죄다 건네주고 너덜너덜 늙어버린 포도나무 가지들은 다음 봄을 위해 잘리고 태워진다.

우리는, 포도나무가 생기기 전의 시간과 포도나무가 태워진 이후의 시간을 알지 못한다. 열매를 맺고 서서히 말라가는 포도나무의 시간은, 삶의 편에 '서' 있는 우리의 시간에 속한다. 우리의 시간은 우리가 생기기 이전과 우리가 사라진 이후의 사이다. 그리고, 우리의 시간과 우리의 시간 이후 그 사이에 숨을 멈춘 채 타들어가는 시간이 있다. 그 사이를 무엇이라 부를까? 조문의 시간일까, 상실의 시간일까, 애도의 시간일까.

사이를 알아차린다는 건 사무치게 부재를 견뎌내는 일이겠구나, 생각하는 사이 가을달이 지고 있다.

피안의 강가

이별가

뭐락카노, 저 편 강기슭에서
니 뭐락카노, 바람에 불려서

이승 아니믄 저승으로 떠나는 뱃머리에서
나의 목소리도 바람에 날려서

뭐락카노 뭐락카노
썩어서 동아밧줄은 삭아내리는데

하직을 말자 하직 말자
인연은 갈밭을 건너는 바람

뭐락카노 뭐락카노 뭐락카노
니 흰 옷자라기만 펄럭거리고……

오냐. 오냐. 오냐.
이승 아니믄 저승에서라도……

이승 아니믄 저승에서라도
인연은 갈밭을 건너는 바람

뭐락카노, 저 편 강기슭에서
니 음성은 바람에 불려서

오냐. 오냐. 오냐.
나의 목소리도 바람에 날려서.

—박목월

인연의 "동아밧줄"은 "갈밭을 건너는 바람"이 되었다. 그 바람에 "니 음성"은 저승으로 불려가고 "나의 목소리"는 이승으로 날린다.

왁살스런 경상도 사투리 "뭐락카노 뭐락카노 뭐락카노"는 다 펼치지 못한 정(情)을 향한 애타는 물음이다. "오냐. 오냐. 오냐"는 이승의 인연을 저승의 인연으로 잇대려는 간절한 응답이고 다짐이다.

"그를 꿈에서 만났다./ 턱이 긴 얼굴이 나를 돌아보고/ 형(兄)님!/ 불렀다./ 오오냐. 나는 전신(全身)으로 대답했다./ 그래도 그는 못 들었으리라." 불통과 단절을 견뎌내는 일이 이별이다.

피안의 강가에서 나누는 이별가는 '뭐락카노'와 '오냐'의 사이를 오간다. 그러나 윤회든 업이든, 인연의 인드라망은 계속되는 것이고 삶과 죽음은 "처음부터 끝까지 하나"고 "자연의 한 조각"이다. 그러니 이 별에서 이별할 때는 "하직(下直)"을 고하지 말 일이다.

서쪽 바다에서

줄포만

바다는 오래된 벽지를 뜯듯이 껍질을 걷어 내고 있었다

개펄이 오목한 볼을 실룩거리며 첫 아이 가진 여자처럼 불안해서 둥그스름 배를 내밀었다

아버지는 붉은어깨도요 1664마리, 민물도요 720마리, 알락꼬리마도요 315마리에게 각각 날개를 달아주고 눈알을 닦아주었다 그들의 부리를 매섭게 갈아 허공에 띄워 올리는 일이 남았다

가을 끄트머리쯤에 포구가 폐쇄된다고 한다

아버지의 눅눅한 사타구니로 자글자글 습기가 번질 것 같다 어머니가 먼저 녹슬고 서글퍼져서 석유곤로에 냄비를 얹겠지

나는 가무락조개 빈 껍질처럼 하얗고 얇구나 수평선을 찢을 배 한 척 어디 없나

―안도현

가을이면, '줄풀'의 일종인 은빛 갈대밭이 장관을 이루는 줄포(茁浦)에 가고 싶다. 게들이 많아 게를 먹이로 하는 붉은어깨도요 민물도요 알락꼬리마도요 철새들이 화르르 떠나가고 흰물떼새 괭이갈매기 흰뺨검둥오리 텃새들이 텃세를 떠는, 뭐니뭐니해도 일몰이 끝내주는 변산반도 끝에 서고 싶다. "사내 열두 살이면/ 피는 꽃이나 맑은 햇살이나 좋은 여자의 얼굴이/ 눈에 그냥 비치는 게 아니라/ 그 가슴에까지 울리어 오기 비롯는 나이"를 헤아려보거나 "되잖은 시 몇 편으로 얼굴을 가리고/ 몰래 만나는 여자도 없이 살았다고/ 지는 해를 바라보고 섰"고 싶다. 포구는 폐쇄되고 배들마저 사라져 습습한 습기가 자글자글 번지는 그 줄포 바닷가 석유곤로에서 끓고 있는 말갛고 칼칼한 뜨거운 가무락조개탕 국물을 떠먹고 싶다.

가을 끄트머리쯤에는 서쪽이 제격이다.

늘어가는 상실

잘 모르는 사람

한참 늙어 가야 할 얼굴로 앉아 있습니다

대합실은 우주의 바깥보다 고단합니다

아직 거슬러 받지 못한 셈이라도 있는 듯

닳아 없어진 표정의 사내는

첫차로 문상을 가야 합니다

부르지 못한 이름은

함부로 밟은 금처럼 차갑습니다

더는 기다릴 게 없는 사람처럼

슬픔을 믿지 않기로 합니다

어제는 경이롭고 내일은 뼈아픕니다

—김병호

　　"한참 늙어 가야 할 얼굴"은 한참 늙지 않은 얼굴
이다. 한데 이미 닳아 없어진 표정이라니! 기다리는 게 많아
서, 그러나 "아직 거슬러 받지 못"해서, 고단했을 것이다.
　　첫차로 문상을 가야 할 사람이라면 소중한 누군가가 이
세상을 떠났다는 거다. 누군가 살아있는 어제는 경이였고
누군가 죽은 내일은 상처다. 못한, 없어진, 없는, 않기로 등
의 부정 서술어에 의해 오늘의 상실은 강조된다.
　　기다릴 게 많으면 부정의 서술어와 함께 슬픔도 많아지
기 마련. 기다리는 게 없어질수록 "함부로 밟은 금" 같은 주
름도 늘기 마련. 오늘의 주름이 어제를 경이롭게 하고 내일
을 뼈아프게 할 것이다.
　　제목 '잘 모르는 사람'을 나는, '잘 아는 사람'이나 '자화상'
으로 읽는다. 그럼, 죽은 사람은 누구?

하나둘 떠난 자리

가을 맨드라미

1

근본 한미한
선비는 다만 적막할 따름이다

이따금
무료를 간 보느니

2

간 여름내
드높이 간두에 돋우었던 생각의 화염을
속으로 속으로만 낮춰 끄고 있노니

유배 나가듯
병마에 구참(久參)들 하나둘 자리 뜨는
텅 빈

가을날

—홍신선

어릴 적 여름 우물가에는 맨드라미꽃과 칸나꽃이 해를 삼킨 듯 빨갛게 피어있었다. 꽃인 듯 열매인 듯 닭볏을 닮은 참맨드라미꽃은 추석 즈음까지도 피었는데, 꽃을 따 절구에 찧어 짜낸 꽃물로 반죽을 해 빚으면 곱디고운 분홍 송편이 되었다. 어린 나는 그게 그리 신기했고 그 분홍이 그리도 어여뻤더랬다. 가을 맨드라미는 내게 다디단 분홍 떡 빛이고 살빛이고, 모든 분홍의 근원이다.

그러나 가을 선비의 적막과 무료를 좇는 시인에게 가을 맨드라미는 병든 구참(수도생활을 오래 한 스님)들이 성하(盛夏) 내내 피워 올렸던 "생각의 화염"이다. 그 꽃 진 자리, 이제는 "다만 늙고 병든" 고참의 친구들 하나둘 유배 가듯 시름시름 자리 뜨는 가을의 적막함을 일깨운다.

여름내 한 꽃 그리 붉고 뜨겁게 피워 올렸으니, 여름내 한 생각 그 백척의 '간두(竿頭)'까지 돋우었으니, 하나둘 떠난 자리 더더더 시리겠다. 소슬하다는 말, 이럴 때 제격이겠다.

모든 인간의 미래는 노인의 미래다

늙을 '노(老)'는 허리가 굽은 사람이 머리를 풀어헤치고 지팡이를 짚고 있는 형상이다. 지팡이가 아닌 삽과 곡괭이를 짚고 있다면 그 늙음의 형상은 삶의 형상이다. 삶은 늙음과 동의어다. 하여, 잘 살기 위한 삶의 기술이 있다면 그것은 곧 늙음의 기술일 것이다. 삶과 늙음은 하나의 시간이다. 시간을 가다/지나다, 견디다/다하다, 넘기다/넘어서다의 술어도 같은 술어들이다. 시간을 발견한다는 것, 발견한 시간을 기억한다는 것, 기억하는 시간을 천천히 돌려보낸다는 것, 바로 삶의 시간이고 늙음의 시간이다.

예순을 넘긴 노인을 기로(耆老)라 이른다. 여기서 기(耆)는 늙다의 의미뿐 아니라 이르다, 지휘하다, 힘세다, 즐기다등의 의미가 포함되어있다. 예순을 넘어서 비로소 지휘할 수 있는 힘을 쓸 수 있게 되고 예순을 넘어서 비로소 삶을 즐길 수 있는 경지에 이르는 것이 바로 기로다. 그러기에 이 기로는 갈 방향이 서로 다르게 나누어지는 지점, 둘 이상의 갈래로 나누어진 길을 의미하는 기로(岐路)와 동음어인지도 모른다. 기로(耆老)의 기로(岐路) 혹은 노인의 미래라는 말은 교훈일까 역설일까 농담일까?

늙음은 노안(老眼)으로부터 시작되고 노안은 바짝 가까이 대야 잘 보인다. 멀리 내다보기에는 남은 시간이 많지 않다. 젊은이는 노인이 보는 것을 알지 못한다. 누군가 말했듯 "노년은 우리가 그곳에 도달하기 전까지는 흥미 없는 나라, 젊은이나 중년도 그 언어를 모르는 낯선 나라"다. 그럼에도 그 노년은 누구나 필연적으로 도달할 나의 미래의 모습이다. 길에서 만난 노인을 보고 젊은 싯다르타는 "지금의 내 안에 이미 미래의 노인이 살고 있도다"라고 외쳤다 한다.

젊은이는 미래의 노인이다. 모든 인간의 미래는 노인의 미래다. 그리고 노인의 미래는 늘 오늘이다.

제5부

예정된 답장

홀로 죽지 않는다

적경(寂境)

신살구를 잘도 먹드니 눈 오는 아침
나어린 아내는 첫아들을 낳았다

인가(人家) 멀은 산(山)중에
까치는 배나무에서 짖는다

컴컴한 부엌에서는 늙은 홀아비의 시아부지가 미역국을
끓인다
그 마을의 외따른 집에서도 산국을 끓인다

─백석

눈이 내리고 배나무에서 까치가 짖는다. 상서로운 산중의 아침이다. 나이 어린 아내가 첫아들을 낳았으니, 신생아의 것이자 산모의 것인 하나의 최초가 탄생했다. 모자의 것이자 산국을 끓이는 늙은 홀아비의 것인 미지의 사건이 발생했다.

그리고 태어났으니 이제 죽을 것이다. 태어나는 자의 이웃으로 죽어가면서, 죽어가는 자의 이웃으로 살 것이다. 인간은 홀로 태어나지 않고 홀로 죽지 않는다. 신생아가 홀로 태어나지 않도록 누군가 낳아주고 누군가는 미역국을 끓여준다. 늙은 홀아비가 홀로 죽어가지 않도록 누군가 그의 곁을 지킬 것이고 또 누군가는 태어날 것이다. 가면 오고, 갔으니 온다. 왔으니 가고, 가면 또 오는 것이다. 적막한 산골에서도 예외 없이 그려지는 사람과 시간 사이의 고요한 경계이고 풍경이다.

한데 미역국을 끓이는 사람이 왜 늙은 홀시아버지일까? 외딴 집에서'도' 산국을 끓이는 이유는? 그 외롭고 높고 쓸쓸한 사연이 궁금하다.

예정된 단 하나의 답장

우편

모든 것은 이미 배달되었다.
그것이 늙은 우편배달부들의 결론,

당신이 입을 벌려 말하기 전에 내가
모든 말을 들었던 것과 같이

같은 계절이 된 식물들
외로운 지폐를 세는 은행원들
먼 고백에 중독된 연인들
그 순간

누가 구름의 초인종을 눌렀다.
뜨거운 손과 발을 배달하고 있다.
우리가 있는 곳이라면 어디에나 있는
바로 그 계절로

단 하나의 답장이 도착할 것이다.

조금 더 잔인한 방식으로

—이장욱

　　　늙은 우편배달부는 매일매일, 참으로 오랜 시간을, 이 세상 누군가에게 무언가를 배달했을 것이다. 그런 그가 말한다. 모든 것은 이미 배달되었다고.

　초인종이 울리고, 정기적인 식사, 같은 목소리의 통화, 중독된 고백, 비슷한 슬픔, 잔인한 단 하나의 답장…… 그렇게 나는 배달되었다, 고로 존재한다, 이 늙은 계절에. 나는 이미 씌어졌고 나는 그것을 따라 산다, 반복되는 계절마다 돈을 세고 중독된 사랑을 하고, 그리고 죽을 것이다.

　성경도 기록하고 있다, 단 한 권의 책은 이미 씌어졌으며, 모든 말들은 다 발설되었다고. 모든 것은 예정되었고, 예정된 단 하나의 답장을 향해 간다. "영원이 아니라서 가능한" 일이다. 끝이 있어 다행한 일이다.

지독한 참상

눈물 머금은 신이 우리를 바라보신다

김노인은 64세, 중풍으로 누워 수년째 산소호흡기로 연명
한다
아내 박씨 62세, 방 하나 얻어 수년째 남편 병수발한다
문밖에 배달 우유가 쌓인 걸 이상히 여긴 이웃이 방문을
열어본다
아내 박씨는 밥숟가락을 입에 문 채 죽어 있고,
김노인은 눈물을 머금은 채 아내 쪽을 바라보고 있다
구급차가 와서 두 노인을 실어간다
음식물에 기도가 막혀 질식사하는 광경을 목격하면서도
거동 못해 아내를 구하지 못한,
김노인은 병원으로 실려가는 도중 숨을 거둔다

아침신문이 턱하니 식탁에 뱉어버리고 싶은
지독한 죽음의 참상을 차렸다
나는 꼼짝없이 앉아 꾸역꾸역 그걸 씹어야 했다
씹다가 군소리도 싫어
썩어문드러질 숟가락 던지고 대단스러울 내일의

천국 내일의 어느날인가로 알아서 끌려갔다
알아서 끌려가
병자의 무거운 몸을 이리저리 들어 추슬러놓고
늦은 밥술을 떴다 밥술을 뜨다 기도가 막히고
밥숟가락이 입에 물린 채 죽어가는데
그런 나를 눈물 머금고 바라만 보는 그 누가
거동 못하는 그 누가

아, 눈물 머금은 신(神)이 나를, 우리를 바라보신다

—이진명

아침신문에서 읽은 "지독한 죽음의 참상"이다. 어디선가 일어나는 오늘 우리의 참상이자 내일 우리의 일상이다. 시간은 우리를 "거동 못하는" "내일의 어느날"로 끌고 간다. 늙음보다 더한 질병은 없지만, 이 늙음에 병과 가난과 고독이 더해졌을 때 죽음을 압도하는 참사는 다반사가 된다. 이때 죽음은 참상으로부터의 해방이기에 죽음은 늙음보다 후한 대접을 받기도 한다. 삶에 적절한 한계선을 그어주는 것이 자비일 때도 있는 법이다.

『티베트 사자의 서』에서 죽어가는 사람은 '승리의 기쁨에 찬 사람'이라 불린다. 늙음이 죽음을 욕망하는 이유일 것이다. 또한 노인이 가까이 있는 것보다 멀리 있는 것을 더 잘 보는 이유이고, "거동 못하는" 신(神)이 우리를 "눈물을 머금고 바라보시"는 이유일 것이다.

갔지만 남는 것

세월이 가면

지금 그 사람의 이름은 잊었지만
그의 눈동자 입술은
내 가슴에 있어.

바람이 불고
비가 올 때도
나는 저 유리창 밖
가로등 그늘의 밤을 잊지 못하지

사랑은 가고
과거는 남는 것
여름날의 호숫가
가을의 공원
그 벤치 위에
나뭇잎은 떨어지고
나뭇잎은 흙이 되고
나뭇잎에 덮여서

우리들 사랑이 사라진다 해도

지금 그 사람 이름은 잊었지만
그의 눈동자 입술은
내 가슴에 있어
내 서늘한 가슴에 있건만

　　　　　　　　　　　—박인환

사라졌지만 잊지 못하는 것, 갔지만 남는 것, 사람이고 사랑이다, 기억이고 세월이다.

전쟁 직후의 대폿집에서 첫사랑을 떠올리며 당시 명동의 스타였던 박인환이 일필휘지로 쓴 시에, 이진섭이 곡을 붙이고 임만석이 노래로 불렀다는 레전드급 가을 명품이다. 이 시를 남기고 며칠 지나 숙취의 심장마비로 시인은 우리 곁을 떠났다. 시인도, 첫사랑도, 친구도, 전쟁도, 명동거리도 다 사라졌지만 시와 노래는 '명동 엘레지'로 우리들 가슴에 남았다.

꽃 필 때는 피는 꽃처럼 오고 잎 질 때는 지는 잎처럼 가는, "그 눈동자와 입술"은 오래된 미래다. 미래의 옛날이다. 나뭇잎이 떨어져 흙이 되고, 나뭇잎에 덮여서 사라진다 해도, 여름이어서 빛났고 가을이어서 서늘했다. 이 서늘한 가슴에 살아남는, 사랑보다 세월, 세월보다 기억!

숨 공동체

질식
—마흔엿새

그리하여 숨

그러자 숨

그다음엔 숨

이어서 숨

그래서 숨

그렇게 숨

그리고 숨

그대로 숨

그러다가 숨

그래서 숨

항상 숨

이윽고 숨

언제나 숨

그런데 숨

그러나 숨

그러므로 숨

그럼에도 불구하고 숨

끝끝내 숨

죽음은 숨 쉬고, 너는 꿈꾸었지만

이제 죽음에게서 인공호흡기를 뗄 시간

이제 꿈을 깰 망치가 필요한 시간

—김혜순

　　　　　숨숨숨, 숨에 골똘해질수록 죽음이 돌올해지는 시. 삶과 숨과 꿈과 죽음은 동의어다. 숨은 죽음을 기록하는 꿈이다. 삶은 죽음을 복귀하는 숨이다. 그중 하나가 끊겼을 때가 질식이고 주검이다. 산부인과에서 장례식장까지, 학교에서 병원까지, 十에서 卍까지, 우리는 숨 공동체이고 죽음 공동체다.

　그러므로 그런대로 숨이고 그냥저냥 숨이다. 그로인해 숨이고 그제서야 숨이다. 그러니까 숨이고 그야말로 숨이다. "너는 이미 죽음 속에서 태어났"으니 그그그 숨을 쉬고, 이 그 그그그 나도 숨을 쉰다. 아 에 이 오 우, "죽기 전에 죽고 싶다"고. 이름도 없이 얼굴도 없이, 숨이 범람하고 숨 쉬는 죽음들이 우글우글하다.

최후의 보루

삼수갑산

삼수갑산 내 왜 왔노 삼수갑산이 어디뇨
오고 나니 기험타 아하 물도 많고 산첩첩이라 아하하

내 고향을 도로 가자 내 고향을 내 못가네
삼수갑산 멀더라 아하 촉도지난이 예로구나 아하하

삼수갑산이 어디뇨 내가 오고 내 못 가네
불귀로다 내 고향 아하 새가 되면 떠가리라 아하하

님 계신 곳 내 고향을 내 못 가네 내 못 가네
오다가다 야속타 아하 삼수갑산이 날 가두었네 아하하

내 고향을 가고지고 오호 삼수갑산이 날 가두었네
불귀로다 내 몸이야 아하 삼수갑산 못 벗어난다 아하하

―김소월

소월은 거듭되는 실패에 몰려 낙향했고, 아내와 술을 마시다 아편 과다복용으로 죽었다. 그의 나이 32세였다.

죽고 난 직후에 발표된 그러니까 유고작이 된, 이 시를 보면 소월은 자신의 죽음을 예감한 듯하다. 되풀이되는 "아하"와 "아하하" 사이에서 격정의 격절이 감지된다. 감탄 같고 자조 같은, 웃음 같고 울음 같은, 한숨 같고 해탈 같은 내파(內破)된 내면이 느껴진다.

소월은 평북 곽산에서 자라 동경과 경성을 거쳐 다시 곽산에 돌아와 이 시를 썼다. 오고 싶어 왔는데 다시 벗어날 수 없다는 이 삼수갑산은 어디인가. 물 깊고 산 높은 삼수갑산을 빌려 삶과 죽음의 불가능성을 노래하는, 지금—여기가 늘 삼수갑산이다. 삶 최후의 보루이자 배수진이다.

벼랑을 감추기 위해

하관(下官)

아버지께 업혀왔는데
내려보니 안개였어요

아버지 왜 그렇게 쉽게 풀어지세요
벼랑을 감추시면
저는 어디로 떨어집니까

—천수호

오리무중(五里霧中), 사방 5리(약 2킬로미터)가 안개 속이라는 말이다. 한 치 앞이 보이지 않으니 온 길도, 갈 길도 가늠할 수 없을 것이다. 막막한 시간 혹은 세월 앞에서 떠오르는 말이기도 하다. 그 오리무중이 감추고 있는 벼랑으로 낙동강 오리알처럼 떨어져 하관(下棺)되는 게 예정된 우리 삶이라면, 이 오리무를 풀어놓은 이는 누구일까?

세상 벼랑을 감추기 위해 아버지는 스스로 풀어져 안개가 되신 걸까? 세상 벼랑을 아버지가 감추었으니 '나'도 안개 속에 주저앉아 안개로 풀어질 것이다, 아버지가 그랬던 것처럼. 한데, 아버지가 등에서 '나'를 내려놓은 그곳이 안개였으니 안개 속이 그대로 벼랑이었던 걸까?

벼랑을 품은 오리무의 일생이 한 장(丈)의 나무상자에 담겨 하관된다니, 그 작은 나무상자야말로 오리무중일 것이다. 떨어진 아니 떨어질 벼랑이 짙고 가파를수록 더욱.

바람이 불면

바람의 배경

　마을에 바람이 심하다는 건, 또 한 명이 죽었다는 소식이다. 밀밭의 밀대들이 물결처럼 일렁거렸다는 뜻이기도 하고, 언덕 위 백 년 넘은 나무 하나가 흔들리는 밀밭을 쳐다봤다는 뜻이기도 하다. 또 아이 하나가 태어났다는 뜻이기도 하다. 어김없는 일이기도 하고 아무렇지도 않은 일이기도 하다. 흙먼지 일으키며 아이들은 하루에도 몇 차례 밀밭 사이를 뛰어다닌다. 아이들도 안다. 바람을 굳이 피하지 않는 법을. 마을은 죽음과 친하고 죽음이 편하다. 죽음의 배경, 그것으로 족한 마을에 오늘도 바람이 분다.

—허연

바람이 분다. 마음이나 말은 작은 바람이 되고, 기억이나 영혼은 큰 바람이 된다고 생각한 적 있다. 그래서 유독 바람 부는 날에는 사무침이 밀려드는 것이라고. 바람은 또 그걸 알고는, 누군가를, 그 무엇인가를 데려다주는 것이라고. 그런 바람(風), 바람(願), 바람(氣), 바람(色) 들은 빈 데서 생겨나고 빈 데로 사라진다. 바람이야말로 우리들 바탕이자 배경이다.

"바람이 분다, 살아야겠다"고 했던 시인이 있었다. "바람이 불지 않는다, 그래도 살아야겠다"고, "바람이 분다, 그러나 바람은 인간의 마음으로 불지 않고 미안하지만 바람의 마음으로 분다"고 했던 시인들도 있다. 바람이 불고 누군가 태어났다. 바람이 불고 누군가 죽었다. 생기와 소멸, 어김없음과 아무렇지도 않음이 바람에 실려 왔다 실려 갔다.

아침 바람이 선득하다. 손을 내민다. 오늘은 오늘만큼만 죽어야겠다!

사각사각 차오르는

달이 나를 기다린다

어느날 나는
달이
밤하늘에 뚫린 작은 벌레구멍이라고 생각했다

그 구멍으로
몸 잃은 영혼들이 빛을 보고 몰려드는 날벌레처럼 날아가
이 세상을 빠져나가는 것이라고

달이 둥글어지는 동안
영혼은 쉽게 지상을 떠나지만
보름에서 그믐까지 벌레구멍은
점차 닫혀진다 비좁은 그 틈을 지나
광막한 저 세상으로 날아간 영혼은
무엇을 보게 될까

깊은 밤 귀기울이면
사각사각

달벌레들이 밤하늘의 구멍을 갉아먹는 소리가 들린다

—남진우

　　달을 "우주의 항문"이라 명명했던 작가를 좋아한
다. "추억의 반죽 덩어리"나 "금빛 풍선"으로 비유했던 시인
들도 좋아한다. 이 시에서 시인은 달을 "벌레구멍"이라 한다.
　시인은 달이 차오를 때 "달벌레들이 밤하늘의 구멍을 갉
아먹는 소리"를 듣는다. 그러고는 밤하늘에 뚫린 그 작고
환한 달의 구멍으로 "몸 잃은 영혼"들이 날벌레처럼 몰려들
어 이 세상을 빠져나가는 소리라고 한다. 다른 시에서도 시
인은 달을 둥근 "유골단지", "모래무덤", "우물", "심장 한 조
각"으로 비유했는데, 그때 달빛은 각각 뼛가루, 모래, 물, 피
가 되겠다. 사각사각 가을밤 벌레들이 운다.
　사각사각 달이 차오른다. 보름이다. 사각사각 누군가 이
세상을 빠져나가고, 누군가의 생이 줄어든다.
　나를 기다리는, 내가 빠져나갈 저 달의 뒤편에는 무엇이
있을까?

가지 않은 발

빈(殯)

아직 무덤으로 가지 않은 발이 있다네
지상의 껍질을 벗고
대기자의 빈 객실
바람의 널을 찢는 발이 있다네
천오백 년 전 정촌고분
마한(馬韓)의 수장이라던
망자의 발 뼈에서 발견된
빈, 파리 번데기의 시간
아직 무덤으로 가지 않은 발이 있다네
용장식 금신을 신고
텅
텅
빈
허공에
도려낸 입들이
알 수 없는 번식처럼
마지막 별빛을 빨아들이고

아직 무덤으로 가지 않은 발이 있다네

—문혜진

    '빈(殯)'이란 관에 넣은 시신을 매장하기 전 일정한 곳에 안치하는 장례 절차다. 삼한시대에는 집안에 죽은 자를 '빈'하고 3년이 지나면 길일을 택하여 장례를 치렀다고 한다. 졸(卒)하면 염(殮)하고 빈(殯)하고 장(葬)했던 것이다. 삶과 죽음의 경계가 불분명해 죽은 자와 산 자와 함께 공존했던 습속들이다.

    최근, 천오백 년 전에 죽은 망자의 "빈 객실"이 열렸다. 망자가 신었던 금(金) 신의 흙에서 발뒤꿈치 뼛조각과 뒤섞인 파리 번데기 껍질이 발견되었다. "아직 무덤으로 가지 않은" 망자의 발을 "아직 무덤으로 가지 않은" 살아있는 파리의 발이 움켜쥐고, 알을 낳았다. 말 그대로의 무덤이자 요람에서 "바람의 널을 찢는 발"들이다. 맨 나중에 나와 사는 내내 발발거린 발은 죽어서도 맨 나중에 발인(發靷)되나 보다.

    제자 가섭에게 관 밖으로 내밀어 보여주었다는 붓다의 발을 헤아려본다.

일상처럼 살가운 죽음

가봐야 천국이다

이리 불리든 저리 불리든
가봐야 천국이지
하늘님도 때로는
나쁜 날씨에 감기가 드는
가봐야 천국이지
그리고 천국에서는
가봐야 가봐야
더 천국도 없다
그래서 그곳이
한없이 이쁜 천국이다

—최승자

"가봐야 천국"이라니, 죽음에 대한 이 대책 없는 무한긍정에 입꼬리가 올라간다. "세계에 코를 박고 있는/ 구름 한 장// 세계 너머에 한눈을 팔고 있는/ 바람 한 겹"으로 자화상을 그려냈던 시인에게 죽음은, 더없이 덧없는 게 아니라 더없이 덧 없다. 하늘님과 더불어 알콩달콩 사는 주검은 우리들 공포처럼 어둡고 무거운 게 아니라 우리들 일상처럼 살갑다. 그러기에 죽음 너머는 한 많은 슬픔에 눌린 지옥이 아니라 한없이 환한 천국이다. "혁명 없는 혁명"이 가능한 그런 천국이다. 시인이 무시로 세계의 끝, 하늘 허(虛) 그 너머, 저세상, 심연, 영원한 잠, 하늘나라, 세계 너머를 꿈꾸는 까닭일 것이다.

　인간은 한 번 죽는다. 죽음은 체험할 수 없는 것이기에 죽음은 오직 죽음으로서만 완성되는 천국과 같은 혁명이다. 그런 죽음이라니, "더 천국도 없"는 "한없이 이쁜 천국"이라니, 소풍 가듯 가도 좋겠다, 천진하게 난만하게! 모름지기 살아있는 시시때때로 멋진 죽음을 배우고, 천국 가는 법을 익혀야 하는 이유다.

백세시대, 백발성성

오래 사는 것이 좋은지, 빨리 죽는 것이 좋은지
는 판단하기 어렵다. 살아온 오랜 경험이 다 지혜가 되는 것
도, 살아갈 미래의 경험이 다 가치가 있는 것도 아니다. 언
젠가는 찾아올 죽음을 어떻게 완성시킬 것인가가 늙음의
관건이다. 기다림이 끝나면 늙어감도 다할 것이다. 죽음의
완성이란 이렇게 막막한 그리움이자 지독한 기다림이다. 자
신의 종말을 깨달은 노인들이 홀로 죽음을 맞기 위해 세상
으로부터 벗어나 외딴 곳에서 고독하게 죽기도 했다. 이러
한 일들은 의식적인 퇴장이자 자발적으로 세상을 떠나는
것이며, 일종의 죽음에 대한 관리이자 통제이다.

죽어가는 감나무의 감은 달다

죽어가는 감나무는

감잎도

감꽃도

애기감도 죄다 놓아버리고

헐겁게 겨우

달랑 감 몇꼭지만을 매달고 있다

죽어가는 소나무의 솔방울은 많다

죽어가는 소나무는

솔잎도

송홧가루도

솔향도 죄다 피워놓고

있는 힘껏

주렁주렁 솔방울을 붙들고 있다

온 생을 저리 사뭇 다르게 앓고 있는

—졸시, 「죽음의 방식」 전문

　　늙음 혹은 죽음 이후의 미래를 모색하기 위해서 온 생을
온 힘을 다해, 약해져가는 감각과 기억을 동원해, 죽음을
마주하는 사뭇 다른 방식을 노래한 시다. 아버지와 어머니

를 어떻게 보내드릴까, 그리고 나는 어떻게 늙어갈까 고민하던 차에 발견한 '말년의 양식'은 내게 단비와 같았다. 지금—여기의 세상과 타협하지 않고 새로운 양식적 가능성의 빈틈을 향해 제 몸을 연소시켜버리는 불가해한 격렬함으로서의 말년의 양식은 예술작품에서만 발견되는 것은 아니기 때문이다.

늙음과 죽음의 품격은 우리의 삶이 얼마나 시간에 잘 호응하는가에 달려있다. 시간에 맞게 늙어가는 것, 그것이 바로 시의성일 것이다. 이 시의성은 말년성과 맞닿아있다. 생물학적이거나 연대기적 후기와 무관하게 시간, 즉 죽음에 임박해서도 의식은 깨어있고 기억은 넘쳐나 자신의 삶을 완성시키는 것, 백세시대를 가뿐히 넘어선 이 시대에 그런 진정한 말년을 의기양양하게 꿈꿔본다.

어쨌든 삶은 저물 것이다. 늙음은 이미 시작되었고 진행만이 있을 뿐 돌이킬 수는 없다. 시간을 친구 삼아 어떻게 늙어야 할지 아는 것, 그것은 지혜에 대한 거대한 도전이고 삶의 기술에서 가장 어려운 숙제다.

백발성성(白髮星星), '성성'의 한자가 '猩猩'이나 '盛盛'이 아니라 '星星'인 것도 맘에 든다. 내친김에 '惺惺'이고 '聖省'이면 더 좋겠다. 그러니 몇 살인가 보다는 어떻게 먹었는가가 중요하다. 백련, 아니 백년의 약수터를 오르는 길에서, 앙스트블뤼테든 말년의 양식이든, 황홀한 황혼이 펼쳐지는 노인

불복종 시대는 어떠한가. 열정을 간직하는 것이야말로 늙음
이라는 물리적 시간을 넘어서는 힘일 것이다.

　"소중한 순간이 오면 따지지 말고 누리게. 우리에게 내일
이 오리란 보장은 없으니까." 요양원에서 '창문 넘어 도망친
100세 노인'의 말이다. 저물 때 더욱 커지는 태양과 같은 삶
이 노인이 꿈꿔야 할 미래일 것이니, 지금을 살아라, 살아야
할 만큼의 시간을 살아라!

제6부

배우는 중, 완성 중

모르고 사는 게 제값

나잇값

나잇값을 해라, 나이 헛먹었나
그런 말이 있다.
나잇값이 헐값이 아니라는 얘기다.
참 비싼 대가를 치르며 우리는 나이를 먹었다.
그걸 돈으로 환산하거나 권력으로 대체하거나
명예로 계산할 수는 없다.
나이는 나이대로 상당한 값이 나가는 건
동서고금의 진리다.
함부로 대하다간 큰코다친다.
어떤 경우에도
나이가 많은 것은 적은 것보다는 값이 더 나간다.
깎는다고 깎여지지도 않을뿐더러
함부로 값을 매기려고 하거나
헐값에 넘기려고 해서도 안 된다.
어떤 값보다도 귀한 대접을 받아야 하는 것이니
늘 소중하게 지니고 살다가
저승으로 갈 적에 노잣돈으로 삼아야 한다. —최일화

알고 행하고 책임지는 정직한 경험과 지혜로 쌓인 나잇값은 값비싼 대가를 치른 "상당한 값"일 것이다. 그러나 그 값이 나이와 비례해 매겨지는 건 아니다. 나이는 그냥저냥 저절로 잘도 먹고 거꾸로 먹기도 한다. 따박따박 꾸역꾸역 먹다 보면 푼돈이나 공짜로 저평가되기도 하고 헐값이나 꼴값으로 급락하기도 한다. "나잇값 해라", "나잇값 못한다"는 말은 나잇값 독촉인 셈이다.

"내 나이가 몇인데", "나이가 있는데" 하며 사는 사람도 있고, "내 나이가 어때서", "나이야 가라" 하며 사는 사람도 있다. 나잇값은 모르고 사는 게 제값이다. 그러니 'Let it be my age!'로 살다, 나잇값 독촉을 받거든 카드로 돌려 막고 대출로 댕겨 쓰자. 물론 젊어서부터 나잇값하며 살다, 나이 들어서는 역모기지론처럼 적립식으로 찾아 쓰면 금상첨화겠지만……

발끝에서 오는 극락

먼지가 보이는 아침

조용히 조용을 다한다
기웃거리던 햇볕이 방 한쪽을 백색으로 오려낼 때

길게 누워 다음 생애에 발끝을 댄다
고무줄만 밟아도 죽었다고 했던 어린 날처럼

나는 나대로
극락조는 극락조대로

먼지는 먼지대로 조용을 조용히 다한다

—김소연

"먼지가 되어, 날아가야지, 바람에 날려, 당신 곁으로……." 김광석의 〈먼지가 되어〉를 조곤조곤 잘도 부르는 사람을 알고 있다. 먼지는 아침 햇살 속에서 그 존재감이 크다. 햇살 반 먼지 반으로 들어오는 아침나절의 백색 기둥에 기대 커피를 마시며 조간신문을 넘기는 시간을 사랑한다. 그 백색 기둥은 시간의 입자이고 세월의 비듬이고 기억과 망각의 파편일 것이다.

길게 누워, 내려앉은 백색 기둥의 바닥에 발이라도 대고 있다면, 발끝에서 따뜻한 기운이 전해져온다면, 그건 그대로 극락일 것이다. 식물이든 새든, 낙원의 새든 부처의 가릉빈가든, 발이 없든 날개가 없든, "극락조는 극락조"일 것이다. 그 다른 이름이 '어느새'이고 '잠깐새'이고 '깜빡새'일 것이다.

고무줄을 밟던 발의 뜨거움이나 다음 생을 향해 내민 발의 차가움을 떠올리다 보면 더더욱. 햇살이, 방바닥이, 발끝이, 고무줄이, 저 극락조가, 여기 내가, 다 먼지다. "조용을 조용히 다해" 불러본다, 내 조그만 공간 속에 추억만 쌓이고…….

감자 한 알의 한 소식

나는 말을 잃어버렸다

내 나이 일흔둘에 반은 빈집뿐인 산마을을 지날 때

늙은 중님, 하고 부르는 소리에 걸음을 멈추었더니 예닐곱
아이가 감자 한 알 쥐어주고 꾸벅, 절을 하고 돌아갔다 나는
할 말을 잃어버렸다
　그 산마을을 벗어나서 내가 왜 이렇게 오래 사나 했더니
그 아이에게 감자 한 알 받을 일이 남아서였다

　오늘은 그 생각 속으로 무작정 걷고 있다

―조오현

왜 사느냐고 묻거든 그냥 웃겠단다. 또 누군가는 못다 한 사랑 때문에, 죽지 못해 아니 살아있으니 살겠단다. 시 속의 "늙은 중님"께서는 감자 한 알 받기 위해 사신단다.

예닐곱의 아이가 일흔둘의 "늙은 중님"을 불러 감자 한 알을 쥐여주고는 꾸벅 절한다. 제 먹을 거 움켜쥐기에 다급할 예닐곱 나이에, 빈집 태반인 산마을이니 제 먹을 것도 부족할 텐데, 지나가는 배고픈 탁발승에게 감자 한 알을 건네는 아이. 그 예닐곱 살의 아이가 보시와 공덕을, 자비와 측은지심을, 인연과 업을 알았을 것인가. 아이는 그 자체로 보살이고 부처다. 그러니 "늙은 중님"에게는 감자 한 알의 '한 소식'이었을 것이다.

불립문자(不立文字)랬거니, 그런 '한 소식' 앞에서 무슨 말을 앞세울 것인가, 말을 잃을 수밖에. 감자 한 알의 '한 소식'을 한 번 더 받기 위해 일흔둘을 넘기고도 오늘도 무작정 걸음이랸다?

마침이 좋다

끝나지 않는 노래

아직 끝나지 않았습니까

꼭 끝난 줄 알았네

이 노래 언제 끝납니까

안 끝납니까

끝이 없는 노랩니까

그런 줄 알았다면 신청하지 않았을 거야

제가 신청한 게 아니라구요

그랬던가요 그 사람이 누굽니까

이해할 수 없군

근데 왜 저만 듣고 앉아 있습니까

전 이제 지긋지긋합니다

다른 노래를 듣고 싶다구요

꼭 듣고 싶은 다른 노래도 있습니다

기다리면 들을 수나 있습니까

여기서 꼭 듣고 싶은데, 들어야 하는데

딴 데는 가지 못합니다

세월이 남지 않았기 때문입니다

제발, 이 노래 좀 그치게 해. 이씨

—이희중

좋을수록 끝이 선명해야 한다. 한데 끝이란 그 이상을 인지할 수 없을 때 가능할 텐데 정말 끝은 있기나 한 걸까? 실은 끝을 알 수 없기에 일정한 기준으로 단락과 공백을 정해놓곤 한다. 그래서 쉬는 시간이 좋고 잠이 좋고 그믐이 좋고 세모가 좋고 헤어짐이 좋고 마침이 좋다.

이런 끝은 0의 발견과도 같다. 십진법에 따르면 0은 끝이자 시작이다. 더하거나 뺄 때는 그대로지만, 곱하거나 나누면 0이나 ∞가 된다. 0처럼 끝은 결말이고 중지고 모서리다. 공(空)이고 멸(滅)이니, 색(色)이고 생(生)이겠다.

듣고 싶은 노래를 꼭—지금—여기서 듣고 싶은데 신청하지 않는 노래를 끝없이 들어야만 하는 사람들. 지금—여기—이대로—이렇게 살아가는 우리의 자화상이다. 그래도 듣고 싶은 노래가 있어 다행한 일이고, 그리고 끝이 있어 다행한 일이다.

미리미리 준다

사랑

겨울이 오자

풀잎들이 서둘러 사후 시신기증서를 써서 내게 전해준다

시든 꽃잎들도 사후 각막기증서를 써서 어머니에게 전해

준다

나도 잎을 다 떨군 겨울나무들에게 사후 시신기증서를

써서 건네준다

봄이 오자 어머니도 김수환 추기경처럼

사랑이 머리에서 가슴까지 내려오는 데 칠십년 걸렸다고

하시면서

산수유에게 사후 장기기증서를 써서 건네주고

휠체어에 앉아 고요히 미소 지으신다

—정호승

아기는 똥을 자신의 신체 일부라 여긴다. 자신이 싼 똥을, 부모에게 줄 수 있는 최고의 선물이라 생각한다. 그러니까 아기는 매일매일 자신의 신체 일부를 사랑하는 사람에게 기증한다.

세상에서 사랑이 제일인 것은 줄 수 없는 것을 주고 소유할 수 없는 것을 소유하기 때문이다. 누군가 혹은 그 무엇에게 마음을 기증하고 몸을 기증하고, 시간을 기증하고 기억을 기증하는 것, 그것이 사랑이다. 기증이든 증여든, 장기든 시신이든, 살아있든 죽든, 전해주든 건네주든, 사랑은 주는 것이다. 죽음이야말로 완벽하게 주는 것이다.

꽃이, 봄이, 삶이, 사랑이 아름다운 건 다 주기 때문이다. 그러니 사랑할 때, 살아있을 때 미리미리 주고 죽고 나서 줄 것들로 미리미리 서약해두어야 한다.

올 봄에게 갈 내가 주어야 할 것들을 헤아려본다.

하이얀 단단함으로

인동차(忍冬茶)

노주인의 장벽(腸壁)에
무시로 인동(忍冬) 삼긴물이 나린다.

자작나무 덩그럭 불이
도로 피어 붉고,

구석에 그늘 지여
무가 순돋아 파릇 하고,

흙냄새 훈훈히 김도 사리다가
바깥 풍설(風雪)소리에 잠착 하다.

산중에 책력(冊曆)도 없이
삼동(三冬)이 하이얗다.

—정지용

인동초는 겨울에도 푸른 잎을 떨구지 않는 야생초(목)이다. 초여름에 꽃과 잎을 갈무리해두고 내내 음용하기도 하지만, 한겨울의 잔설을 딛고 선 잎과 줄기를 말려 잎은 우려먹고 줄기는 끓여 마시는 게 더 인동차답다.

삼동에 들어선 겨울 무가 하얗고 자작나무가 하얗고 눈 쌓인 산중이 하얗다. 자작나무 덩그럭(다 타지 않은) 불이 "도로" 붉게 타고, 그늘진 겨울 무에 "파릇" 순이 돋고, 흙냄새도 여전히 훈훈하니, 인동차를 마시며 풍설(風雪)소리에 잠착(골똘)한 저 노주인이야말로 눈 속에 핀 복수초(福壽草)만 같다. 책력(달력)도 없이 삼동을 견뎌내는 노인의 장벽(腸壁)도 하얄 거 같다.

'노익장(老益壯)'은 원래 '궁당익견(窮當益堅) 노당익장(老當益壯)'에서 유래한 말이다. '궁핍한 상황에서도 더 단단해지고 늙어서도 더욱 스스로를 가다듬는' 그 마음으로, 한 해의 시작을 맑은 차 한 잔으로!

언 밥 한 그릇의 삶

서늘함

주소 하나 다는 데 큰 벽이 필요 없다

지팡이 하나 세우는 데 큰 뜰이 필요 없다

마음 하나 세우는 데야 큰 방이 왜 필요한가

언 밥 한 그릇 녹이는 사이

쌀 한 톨만 한 하루가 지나간다

—신달자

늙는다는 것은, 작아진다는 것이고 마른다는 것이고 비운다는 것이다. 하나인 것에 덤덤해진다는 것이고 지나가는 것에 담담해진다는 것이다. 늙어지면, 살던 집을 줍히고, 이고 지고 끼고 살던 것들을 버리고, 일이나 사람을 줄이는 까닭이다. 몸소, 간소, 검소, 감소, 축소, 청소하지 않으면 늙음은 시간의 소굴이 되기 십상이다.

작아진 몸을 눕힐 주소 하나, 낮아진 몸을 의지할 지팡이 하나, 굽뜬 몸을 일으켜 세워줄 마음 하나, 그리고 주먹만 한 위를 채워줄 언 밥 한 그릇으로 압축되는 이 한 삶이 서늘하다. 그 하루하루가 "쌀 한 톨만" 하다니 써늘하기도 하다.

엄마 배 속으로도 족했던 몸이었으니 "발 닿고 머리 닿는/ 복숭아 씨만 한 방"이면 족할 것이다. 실제로도 시인은 북촌에 "딱 명함 한 장만 한 한옥 대문"에 "공일당(空日堂)"이라는 문패를 걸고 사신다 했다. 사랑이든 욕망이든 일상이든, 낮고 작고 가벼워져야 크고 넓은 곳으로 나아갈 수 있다는 믿음을 문패에 담았으리라.

따지지 말고 누리길

노인의 미래

"첫눈이 온다. 그치지 않는 눈이 될 것 같군."

"그치지 않는 눈은 없습니다, 선생님."

"정말 그럴까?"

"선생님, 저는 요즘 과학소설을 쓰고 있습니다."

"40년 후에도 이곳에 첫눈이 오는가?"

"그들은 신의 감긴 눈꺼풀 같은 지평선* 너머에서 살아갑니다."

"나의 동무여, 눈을 뜨게나. 시력이 남아 있을 때 나는 보고 싶다네."

"선생님, 사랑 때문입니까? 희망 때문입니까?"

"같은 구름에서 핏물처럼 폭우가 쏟아지고 사리처럼 우박이 떨어지네."

"망원경에 눈을 대고 있으면 인간은 작아지고 작아지고…… 현미경에 눈을 대고 있으면 인간은 거대해집니다."

"우리는 모두 다른 것을 보고 있네."

—김행숙

* "보이는 것은…… '신의 감은 눈꺼풀'이라고 불리는 그런 지평선뿐"(배수아, 『서울의 낮은 언덕들』)

노인의 미래라니, 역설일까 교훈일까 농담일까?

늙음은 노안부터 시작되고 노안은 바짝 가까이 대야 잘 보인다. 모든 첫눈은 금세 그치고 40년 후에도 첫눈은 올 것이다. 그러나 그치지 않는 첫눈도 있고 가지 않는 계절도 있다. 그런 '첫'사랑, '첫'희망은 어디서 왔으며, 그런 계절들은 다 어디로 갔을까.

젊은이는 "신의 감긴 눈꺼풀 같은 지평선" 너머라고 하지만, 노인은 "시력이 남아 있을 때 보고 싶을 뿐"이라고 한다. 젊은이는 멀리 보고 노인은 가깝게 본다. 요양원에서 '창문 넘어 도망친 100세 노인'은 이렇게 말했다. "소중한 순간이 오면 따지지 말고 누리게. 우리에게 내일이 오리란 보장은 없으니까." 100세 노인이 창문 넘어 도망친 이유다.

젊은이는 미래의 노인이다. 노인의 미래는 지금이다.

배우는 중, 완성 중

말년의 양식*

전처의 지도교수가 나의 발표를 보러 왔다.
은퇴한 지 수년이 지난 그가 노구를 이끌고 왔다.
15년 전 우리는 두 부부의 두 남편으로 만났었다.

나의 발표가 끝나자 그는
젊은 청중들 가운데서 쨍쨍한 목소리로 말한다.
"자네와 난 오랜 인연이 있지.
그 이야기는 기니까 생략하고.
자네의 발표는 헛말이 없어서 괜찮았어."

뒤풀이 자리에서 그는 내게 술을 권한다.
술잔이 쨍 하고 부딪치자 허공에서
우리의 머리를 짓누르던
모순율의 대리석에 쩍 하고 금이 간다.
"자네는 여전히 착해 보여."
"그렇게 보이는 건 제가 지금 조금 슬퍼서입니다."
라고 나는 말하지 않는다.

"내 마누라는 2년 전에 죽었어.

보다시피 나는 아직 살아 있고."

모순율의 대리석에서 첫 조각이 툭 떨어져 나온다.

나는 그것을 몰래 주머니에 넣고는 손으로 만지작거린다.

A는 A가 아니로다.

A는 A가 아니로다.

나는 염불하듯 속으로 되뇐다.

그 앞에서 내 침묵은 수많은 비밀들을 숨겨야 한다.

불에 탄 불상(佛像)의 입술이

지그시 물고 있는 그을린 불성(佛性)처럼

그 비밀들은 성과 속을 변증법적으로 종합한다.

아니 그냥 뒤죽박죽 섞어버린다.

말도 안 되는 말씀. 그토록 죄 많은 내가 착해 보인다니.

나는 동네 입구의 전당포에 결혼반지를 저당 잡혀

싸구려 양복 하나를 걸쳐 입고 돌아온 탕아일 뿐인데.

그는 알 리가 없다.

나의 다른 쪽 주머니 속에 항우울제가 한 움큼 들어 있다

는 사실을.

그는 내게 긴 이야기를 들려준다.

자신이 어떻게 제자들을 키웠는지.

자신이 어떻게 나무를 심게 됐는지.

그러나 간혹 나의 전처가 등장한다.

이름은 빼고 성 뒤에 양을 붙여서.

하나, 둘, 셋, 넷, 다섯……

그가 하나의 말을 마치고

다른 말을 시작하기 전의 짧은 침묵의 수들.

그때마다 머리 위의 허공에서 대리석 조각들이 우수수 떨어진다.

나는 조련된 원숭이처럼 그것들을 잽싸게 받아 주머니 안에 감추기 바쁘다.

그가 이야기를 할 때

그의 손들에 번진 검버섯과

그의 이빨에 덧댄 금속을 바라보면서

"저는 당신의 애제자를 떠난 남자입니다.

왜 저에게 이 모든 말씀을 늘어놓으십니까?"

라고 나는 묻지 않는다.

"난 말야. 평소에는 말이 없어. 오늘만 그런 거야.

자네를 봐서. 반가워서."

말을 마치고 그는 눈을 감는다.

그리고 다시 눈을 뜬다.

그는 이제 아무것도 볼 수 없다.

오로지 암흑뿐이다.

밤도 아니다.

눈이 먼 것도 아니다.

그는 다만 돌아온 것이다.

연구실로, 강의실로, 모교의 정원으로,

단골 술집으로, 고향의 들녘으로,

단지 그곳에 어떤 이도 어떤 것도 없을 뿐.

옛 제자도, 옛 제자의 전남편도, 자기 부인도,

강의 노트도, 단풍잎도, 외상 전표도, 억새풀도,

모두 희미한 그림자로 떠다닐 뿐.

플라톤의 동굴, 장자의 연못, 니체의 심연, 베토벤의 B플
랫……

나는 암흑과 아름다움의 관계에 대해 그에게 묻지 않는다.

A는 A가 아니로다.

A는 A가 아니로다.

A는 A가……

내가 속으로 되뇌는 동안

그는 내게 자신만의 말년의 양식을

은퇴 이후 혹은 사별 이후

머리 위에 떠 있는 거대한 바위를

공들여 깎고 다듬는 장인의 풍모를 선보인다.

헤어질 때 그는 옅은 미소를 지으며 손을 흔들다가

담배를 꺼내 물고는 뒤돌아선다.

그때 내 주머니 속에서 갑자기

정체 모를 이상한 돌들이 마구 늘어나

대리석 조각과 항우울제 알약과 뒤죽박죽 섞여버린다.

그중 어느 것을 삼켜도 오늘 밤엔 잠이 올 것 같다.

—심보선

*에드워드 사이드의 『말년의 양식에 관하여』에서 가져왔다.

오에 겐자부로는 말년의 작품 『익사』에 사이드의 『말년의 양식에 관하여』를 빌려왔고, 사이드는 아도르노의 『베토벤 음악의 철학』에서 말년의 양식을 읽어냈다.

미켈란젤로는 걸작 몇 점을 여든이 넘어서 완성했고 에디슨은 여든이 넘어서도 발명을 했다. 라이트는 아흔에 가장 창의적인 건축가로 인정받았고 모지스는 일흔여섯에 그림을 그리기 시작했다. 늙어서도 여전히 '배우는 중'이었던 그들은 말년의 양식을 완성해냈다.

"은퇴한 지 수년이 지난" 노교수 또한 옛 제자나 제자의 전남편, 니체의 심연이나 베토벤의 B플랫 등으로 구성된 자신만의 말년의 양식을 완성 중이다. 잘 늙어가고 있는 한, 참일 수도 거짓일 수도 없는 삶에 관한 한, 우리는 모두 장인(匠人)들이다.

나오는 말

아침이 싱그러운 것은 밤이 기다리기 때문이다.

우리 삶이 소중하고 아름다운 것 또한 죽음이 있기 때문이다. 꽃이, 청춘이, 사랑이 아름다운 것 또한 그것들의 끝이 있기 때문이다.

어느 책에서였던가. 청춘이 떠나갈 때 불렀던 노래 한 소절이 떠오른다. "그리고 태양은, 아직은 아름답게 빛나는구나/ 하지만 결국에는 질 수밖에 없겠지!"

이 계절이 완전소중인 까닭이다.

정끝별

| 작품 출처 |

제1부 모든 인간의 미래

14쪽, 장석주, 「무심코」, 『일요일과 나쁜 날씨』, 민음사, 2015년

16쪽, 정양, 「그거 안 먹으면」, 《시와 정신》 2016년 겨울호, 시와정신사

18쪽, 김수영, 「달밤」, 『김수영 전집 1 —시』, 민음사, 2014년

20쪽, 조원규, 「주름」, 『난간』, 시용, 2013년

22쪽, 이기성, 「스틸 라이프」, 『채식주의자의 식탁』, 문학과지성사, 2015년

24쪽, 박준, 「파주」, 『당신의 이름을 지어다가 며칠은 먹었다』, 문학동네, 2012년

26쪽, 김종삼, 「묵화」, 『김종삼 전집』, 나남출판, 2005년

28쪽, 기형도, 「병」, 『입 속의 검은 잎』, 문학과지성사, 1991년

30쪽, 박상수, 「돌고래 숲」, 『후르츠 캔디 버스』, 천년의시작, 2006년

32쪽, 이승훈, 「어머니」, 『너라는 햇빛』, 세계사, 2000년

제2부 뭘 해도 예쁠 나이

40쪽, 정현종, 「벌써 삼월이고」, 《시인수첩》 2017년 봄호, 문학수첩

42쪽, 김민정, 「근데 그녀는 했다」, 『아름답고 쓸모없기를』, 문학동네, 2016년

44쪽, 황인숙, 「송년회」, 『못다 한 사랑이 너무 많아서』, 문학과 지성사, 2016년

46쪽, 문정희, 「늙은 꽃」, 『다산의 처녀』, 민음사, 2010년

48쪽, 손세실리아, 「진경」, 『꿈결에 시를 베다』, 실천문학사, 2014년

50쪽, 황동규, 「춤추는 은하」, 『연옥의 봄』, 문학과지성사, 2016년

52쪽, 이영광, 「죽도록」, 『아픈 천국』, 창비, 2010년

54쪽, 오세영, 「겨울의 끝」, 『적멸의 불빛』, 문학사상사, 2001년

56쪽, 김남조, 「노병」, 『심장이 아프다』, 문학수첩, 2013년

58쪽, 김현, 「형들의 사랑」, 《문학 3》 2017년 1호, 창비

제3부 한 채의 집, 한 권의 책

68쪽, 황인찬, 「서클라인」, 『구관조 씻기기』, 민음사, 2012년

70쪽, 최동호, 「파 할머니와 성경책」, 『얼음 얼굴』, 서정시학, 2011년

72쪽, 김윤배, 「헌 집」, 『혹독한 기다림 위에 있다』, 문학과지성사, 2007년

74쪽, 문태준, 「개복숭아나무」, 『맨발』, 창비, 2004년

76쪽, 이정록, 「짐 —어머니학교 6」, 『어머니 학교』, 열림원, 2012년

78쪽, 서정주, 「눈들 영감의 마른 명태」, 『미당 시전집』, 민음사, 1983년

80쪽, 곽효환, 「벌초를 하며」, 『지도에도 없는 집』, 문학과지성사, 2010년

83쪽, 김명인, 「너와집 한 채」, 『물 건너는 사람』, 세계사, 1992년

86쪽, 박용래, 「월훈(月暈)」, 『먼바다』, 창비, 1984년

88쪽, 이근배, 「많지, 많지 않다 —사랑할 시간이 많지 않다 -정현종」, 《시인수첩》 2017년 가을호, 문학수첩

제4부 갔지만 남는 것

96쪽, 박형준, 「달 속에 두고 온 노트」, 『불탄 집』, 천년의시작, 2013년

98쪽, 진은영, 「인공호수」, 『우리는 매일매일』, 문학과지성사, 2008년

100쪽, 장철문, 「다시 바라나시에 와서」, 『비유의 바깥』, 문학동네, 2016년

102쪽, 송재학, 「천남성이라는 풀」, 『기억들』, 세계사, 2001년

104쪽, 최정례, 「회생」, 『개천은 용의 홈타운』, 창비, 2015년

106쪽, 허수경, 「포도나무를 태우며」, 『누구도 기억하지 않는 역에서』, 문학과지성사, 2016년

109쪽, 박목월, 「이별가」, 『박목월 시전집』, 민음사, 2003년

112쪽, 안도현, 「줄포만」, 《시사사》 2017년 9-10월호, 한국문연

114쪽, 김병호, 「잘 모르는 사람」, 『백핸드 발리』, 문학수첩, 2017년

116쪽, 홍신선, 「가을 맨드라미」, 『우연을 점 찍다』, 문학과지성사, 2009년

제5부 예정된 답장

122쪽, 백석, 「적경」, 『정본 백석 시집』, 문학동네, 2007년

124쪽, 이장욱, 「우편」, 『영원이 아니라서 가능한』, 문학과지성사, 2016년

126쪽, 이진명, 「눈물 머금은 신이 우리를 바라보신다」, 『세워진 사람』, 창비, 2008년

129쪽, 박인환, 「세월이 가면」, 『사랑은 가고 과거는 남는 것』, 예옥, 2006년

132쪽, 김혜순, 「질식 —마흔엿새」, 『죽음의 자서전』, 문학실험실, 2016년

134쪽, 김소월, 「삼수갑산」, 『김소월 시전집』, 문학사상사, 2007년

136쪽, 천수호, 「하관」, 『우울은 허밍』, 문학동네, 2014년

138쪽, 허연, 「바람의 배경」, 『내가 원하는 천사』, 문학과지성사, 2012년

140쪽, 남진우, 「달이 나를 기다린다」, 『사랑의 어두운 저편』, 창비, 2009년

142쪽, 문혜진, 「빈」, 《시와 세계》 2017년 여름호, 시와세계

144쪽, 최승자, 「가봐야 천국이다」, 『빈 배처럼 텅 비어』, 문학과지성사, 2016년

제6부 배우는 중, 완성 중

152쪽, 최일화, 「나잇값」, 《문학청춘》 2017년 봄호, 황금알

154쪽, 김소연, 「먼지가 보이는 아침」, 『수학자의 아침』, 문학과지성사, 2013년

156쪽, 조오현, 「나는 말을 잃어버렸다」, 『적멸을 위하여』, 문학사상사, 2012년

158쪽, 이희중, 「끝나지 않는 노래」, 『참 오래 쓴 가위』, 문학동네, 2002년

160쪽, 정호승, 「사랑」, 『나는 희망을 거절한다』, 창비, 2017년

162쪽, 정지용, 「인동차」, 『정지용 전집 1: 시』, 민음사, 1988년

164쪽, 신달자, 「서늘함」, 『북촌』, 민음사, 2016년

166쪽, 김행숙, 「노인의 미래」, 『에코의 초상』, 문학과지성사, 2014년

169쪽, 심보선, 「말년의 양식」, 『오늘은 잘 모르겠어』, 문학과지성사, 2017년

삶은 소금처럼 그대 앞에 하얗게 쌓인다

초판 1쇄 2018년 10월 25일

지은이 | 정끝별
펴낸이 | 송영석

주간 | 이진숙·이혜진
기획편집 | 박신애·정다움·김단비·정기현·심슬기
외서기획 | 박지영
디자인 | 박윤정·김현철
마케팅 | 이종우·김유종·한승민
관리 | 송우석·황규성·전지연·채경민

펴낸곳 | (株)해냄출판사
등록번호 | 제10-229호
등록일자 | 1988년 5월 11일(설립일자 | 1983년 6월 24일)

04042 서울시 마포구 잔다리로 30 해냄빌딩 5·6층
대표전화 | 326-1600 팩스 | 326-1624
홈페이지 | www.hainaim.com

ISBN 978-89-6574-669-0

파본은 본사나 구입하신 서점에서 교환하여 드립니다.

이 도서의 국립중앙도서관 출판예정도서목록(CIP)은 서지정보유통지원시스템 홈페이지
(http://seoji.nl.go.kr)와 국가자료공동목록시스템(http://www.nl.go.kr/kolisnet)에서 이용
하실 수 있습니다.(CIP제어번호: CIP2018031589)